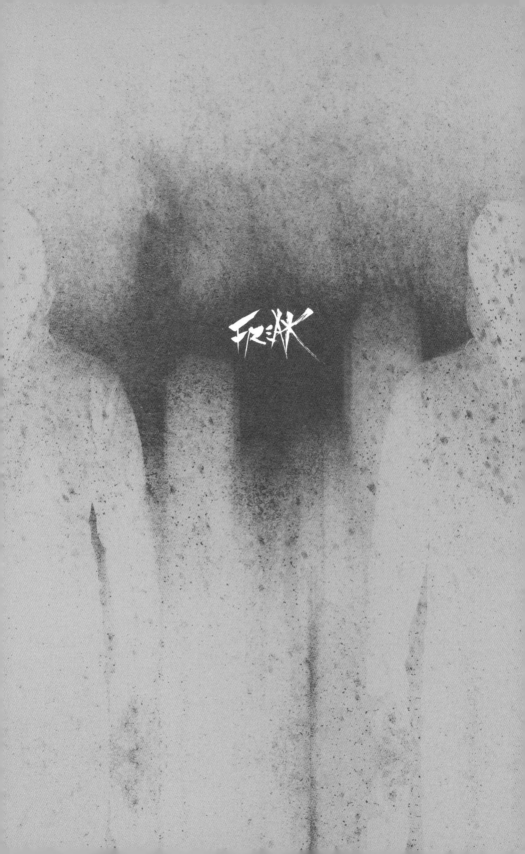

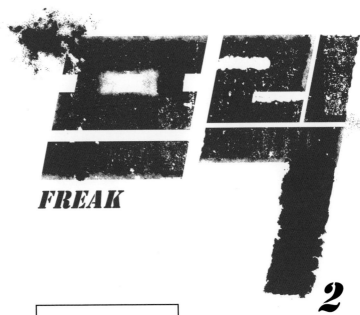

FREAK

Story 신진우 × 홍순식 Art

2

차
례

놈 옆에
차를 바짝
붙여!

경찰이다.

넌 뭐야?

널 자동차등록법 위반 및 살인 방조, 사체 유기 등의 혐의로 긴급체포한다.

짭새?

팔 병신 주제에 좆까고 있네!

선배님!

으...
으... 으.

우와앗!
선배님, 짱!

미란다원칙
고지해.

옛썰!

변명의 여지가
있고, 변호사를
선임할 수 있다.
반정표 씨,
알아들었어?

저벅 저벅

...

반장님,
나오셨습니까?

고생들 많네.
다른 사람들은?

덕우랑 송 형은 반정표 치료
때문에 병원에 갔습니다.
김 형사는 반정표 집에 갔구요.

이건 뭐야?

한밤중에 반정표가
여기서 화학약품을 써서
시신을 녹여 없애려고 했던
모양입니다.

머리카락들은
염산의 수소 이온과
반응을 하지 않기 때문에
녹지 않는 거랍니다.

14

똑 똑

?

쨘

언제 왔어?

또각

방금 전에요.
많이 피곤하신가
봐요.

또각

조금…

15

용의자 집에서
흥미로운 걸
발견했는데,
서연의 프로파일링이
필요할 것 같아서.

또각
또각

이쪽이야.

?

이게
다 뭐예요…?

반정표한테
살해당한
여자들 사진 같아.
살해하기 전에 찍은…

놈에게는 일종의
기념사진이랄까.

16

살인의 추억인
셈이지.

김준 경장님,
잠깐 이쪽으로 와보시죠.

무슨
일이시죠?

여기 좀
보시죠.

?

이건 뭐죠?

정밀 감정을
해봐야겠지만
사체에서 적출한
인체 조직들로
추정됩니다.

사람의 늑골,
아킬레스건,
고막, 치아 등.

인체 조직 불법 거래와
관련된 것 같습니다.

그리고 이건…

아무래도
인육 캡슐
같습니다.

희생자들로 추정되는
사진 속 여자들은
총 15명.

현재 신원이
확인된 여성은
12명...

5개월 전, 반정표가
출소한 이후에
모두 행불 신고 처리가
되었습니다.

거주지는
제각각이지만,
반정표가
피해자들을
집으로 데리고 와
범행을
저지른 걸로
보입니다.

나머지 3명은 현재 신원 확인 중입니다.
반정표가 증거인멸을 시도했던 머리카락도
유전자 감식 결과 여성으로 확인됐지만,
신원 확인은 좀 힘들 것 같습니다.

그래,
고생했어.

반정표 집에선
뭐 나온 거 있나?

예. 이번 반정표 사건은
오석철 사건과는
좀 다른 것 같습니다.

오석철은 인육 제공이
목적으로 추정되지만,
반정표의 경우엔 인체 조직
불법 거래와 관련된 듯
싶습니다.

장기
밀매요?

아니,
심장, 간 같은 장기 말고
뼈와 인대, 피부 등의
인체 조직을 얘기하는 거야.

업계 관계자에
따르면

조사한 바에 따르면, 국내 인체 조직
시장 규모는 연간 수백억 원대.
골관절 이식, 성형, 화상 치료 등으로
인체 조직에 대한 수요가 점점
증가하고 있습니다.

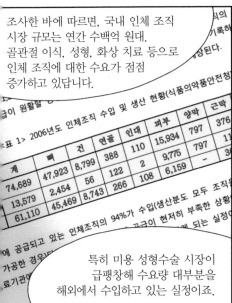

<표 1> 2006년도 인체조직 수입 및 생산 현황(식품의약품안전청)

	뼈	건	연골	인대	피부	양막	근막
계	47,923	8,799	388	110	15,934	797	376
74,689	2,454	56	122	2	9,775	797	11
13,579	45,469	8,743	266	108	6,159		3
61,110							

공급되고 있는 인체조직의 94%가 수입(생산분도 모두 조직은
가공한 경우... 급이 현저히 부족한 상황
...기관이... ...되는 실정

특히 미용 성형수술 시장이
급팽창해 수요량 대부분을
해외에서 수입하고 있는 실정이죠.

시신 한 구를
잘 가공하면
약 3억 원의
부가가치가
창출된다고
합니다.

으으엑

20

여기서 문제는 합법적인 인체 조직 공급이 수요를 맞출 수 없기 때문에, 불법적인 유통이 이루어진다는 점이죠.

반정표처럼 살인에 의한 강제 적출도 문제지만, 더 큰 문제는 얼마 전 서울 모 병원 직원의 장기 밀매 사건처럼 서류 조작에 의한 장기 밀매가 공공연히 이루어진다는 점입니다.

시신을 그저 돈벌이 수단으로밖에 생각하지 않는구먼.

예. 모든 범죄가 그렇듯, 한 번 비윤리적인 선을 넘어가면, 그다음부터는 인간의 존엄성 따위는 쳐다도 안 보게 되지요.

역겹네요. 세상이 점점 미쳐가는 거 같아요.

여담이지만 '시체 중개상'을 다룬 논픽션도 있더라고. '시체를 부위별로 팝니다'던가.

어째 문명이 발달할수록 더 야만스러워지는 거 같아.

덜컹

어이, 커피.

?

...

괜찮아?

툭

네? 네.

왜 이렇게
멍 때리고 있어?
어디 안 좋아?

피곤하기도 하고요,
이번 사건이
워낙 충격적이라서.

어떻게 사람이
사람에게 그런 짓을
저지를 수 있나
싶기도 하고,
그렇네요.

피식

이거 한번
볼래?

?

맞아.
가끔 이 사진을
꺼내 보곤 하거든.

어? 이거 연쇄살인마
강호0아니에요?

겉보기엔
이렇게 해맑고
선한 웃음을
지을 줄 아는
사람의 내면에…

그런 잔인한 괴물이
존재하리라고 누가
상상이나 했겠어?

가끔 그런 생각이 들어.
악마는 정말 평범한
인간의 모습으로
우리 옆에 있는 거라고.

자, 문제는
저놈인데.

어떻게 조져야
잘 조졌다고
소문이 날까?

오면서 들었는데
희생자들 옷이나 핸드백들,
지 여친한테 선물로
줬다고 하더라고.

아오~!
&$@%#@%#!!

저런 놈은 고문을
해줘야 된다니까요!

그건 안 되지.
저런 흉악범들에게까지
인권 운운하는
감상주의자들이 많아서…

께
익

식사 잘 했어?

꾸덕

사람이 물으면 대답을 해야지, 이 사람아. 입은 악세사리야?

탁

...

네. 잘 먹었습니다.

그래. 밥 잘 먹었으니까 협조 좀 하자. 서로 스트레스 받지 말고. 응?

드득

쩌억

생각 좀... 해보구요.

...

피식

반정표 씨. 당신 비협조적으로 나오면 중국 보내는 수밖에 없어.

조선족들이 한국에서 사람을 납치·살해한다고 소문 퍼져봐. 중국 정부가 가만있을 거 같애?

중국에선 사형수들 장기 적출해서 불법 매매한다는 소문이 있던데…

당신 중국에 범죄인 인도되는 즉시 처형이야. 알지? 중국에선 사람 목숨 파리 목숨이나 마찬가지인 거.

중국 가서 당신 장기 적출당하면 딱 '인과응보'네. 그치?

그러니까 좋게 말할 때 불어.

…

수사에 협조하면 정상참작해줄 수 있으니까.

저기…

정말 다 불면 중국 안 보낼 겁니까?

물건 작업해서
팀장님한테 연락하면
차 가져와서 싣고 가고.
2~3일 안에 입금되고.
그게 다예요.

일하는 거
별거 없습니다.

팀장?
그게 누군데?

이화자?

혹시…

저희 형님 애인이요.
이화자라고 하얼빈 출신인데
젊은 여자가 아주 대참니다.

이 여자야?

흐릿하긴 한데,
맞는 것 같은데요?

이 여자,
지금 어디 있어?
오석철하고
같이 있나?

오석철이요?
신문에 난 그놈
말씀하시는 겁니까?

왜? 같은 식구인 줄
몰랐어?

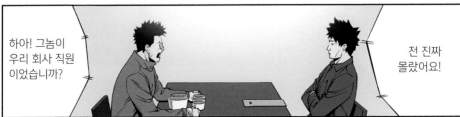

하아! 그놈이
우리 회사 직원
이었습니까?

전 진짜
몰랐어요!

비록 제가
살인은 했지만
인육은 취급
안 하거든요.

그게
어디 사람
새끼입니까?

G랄
하네.

술은 마셨지만
음주운전은
하지 않았다는
논리냐?

웃기고
있네.

진짜예요!
팀장님만
직원들 다 알지,
저희끼린 누가
동료인지도 몰라요!

주로 누가
사 가는데,
중국인들?

그럼 당신
집에서 발견된
이 인육 캡슐은
어떻게
설명할래?
응?

한국 사람들도
많이 사 간답니다.
몸에 좋다고.
매스컴 타고 나서
호기심에 사 가는
손님들도 많고.

그건…
용돈 좀
벌어
보려고

00시장
한약상에
갖다 주면
잘 팔립니다.

뭐?
보양식으로
인간이 인간을
잡아먹어?

미친 새끼들
아냐, 이거?

형사님.

죄송한데요,
형사님은 돼지나
소고기 드실 때
죄책감
느끼십니까?

걔네도
마찬가지입니다.
그 사람들
인육 캡슐 먹을 때
죄책감 따위 전혀
느끼지 않아요.

저런 놈들은 삼청교육대 부활시켜서 싹 집어넣거나, 중국처럼 장기 싹 빼버리고 사형을 시켜야 한다고 봐요. 딴 분들은 그렇게 생각 안 하세요?

아, 씨발놈들
진짜 욕 나오게 하네.

글쎄요.

개인적으로,
법치주의가 제대로
작동하지 못해서
벌어진 사건을 법치주의를
버려서 해결하자는
생각에는 동의할 수 없고,
동의하기도 싫네요.

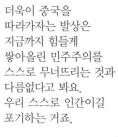

더욱이 중국을
따라가자는 발상은
지금까지 힘들게
쌓아올린 민주주의를
스스로 무너뜨리는 것과
다름없다고 봐요.
우리 스스로 인간이길
포기하는 거죠.

그럼 서연 씨는
저런 금수만도
못 한 놈들에게도
인권이 있다고
생각하십니까?

...

후우

두 분이 느끼는 울분은 저도 통감해요. 하지만.

인권은 원칙입니다. 범죄를 저지른 사람도 물론 그 대상이지만,

그보다 무고한 사람이 피해를 볼 수 있기 때문에 지키게 하는 것이지요.

예외를 만들어놓으면 악용할 사람이 반드시 있다 보니 때로 불만족스럽다 하더라도 원칙을 지켜야 한다고 생각해요.

굼질 굼질

선배님은 어떻게
생각하세요?

나?

뭐. 양쪽 다
옳다고 보는데…

에이, 뭐예요?
이도 저도 아니고.
애매모호…

흑 아니면 백을
강요하진 마.

난 그보다
이번 사건에 대한
분노와 불안감이
맹목적인 제노포비아로
확산되진 않을까 하는
우려가 들어.

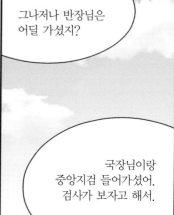

그나저나 반장님은
어딜 가셨지?

인터넷 일각에선
이미 그런 움직임이
보이고 있고.

국장님이랑
중앙지검 들어가셨어.
검사가 보자고 해서.

인육 조직이요?

部長檢事　朴震英

예. 검사님.

지금 관련 용의자를
검거해서 심문 중인데

인육과 인체 조직을
조달하는 조선족 조직으로
추정 중입니다.

이 사건, 사람 참
피곤하게 만드네.

아시죠? 이번 사건,
경찰의 어설픈 늦장 대응으로
언론으로부터 강한 질타를
받았어요.
늦장 대응으로 인한
뭇매가 이 정도인데,

실상 인육과 관련된
사건이라고 밝혀지면
그 사회적 파장이
엄청날 겁니다.
핵폭탄이라고 봐야죠.

인육 토막,
이거 너무 걸고넘어지면
한중 관계가 경색될
우려가 있습니다.
외교적 문제로 비화가 될 수도
있다는 얘기죠.

그래서…
어쩌자는
이야기입니까?

솔직히
말씀드리죠.

이번 사건,
성폭행을 목적으로 한
우발적 살인 행각으로
적당히 넘어갑시다.
어때요?

어이. 백 반장.
적당히
시마이하지?

…

힐끔

스윽

우리,
말 짧은 검사 양반은
언제부터 정치에
관심을 됐나?

!

뭐?

지금
뭐라고 했어?
다시 말해봐.

국장님,
전 다른 건 몰라도
머리에 피도
안 마른 놈이 반말
찍찍 갈기는 건
못 참습니다.

어이, 백 반장…

아무리
검사님이라도
말이죠.

삐식

말이 짧아서
죄송합니다.
백 반장님.

됐습니까?

37

그래도 이번 사건
적당히 시마이 못 합니다.
왕년에 제 별명이
불독이었습니다.
한 번 문 놈은
끝까지 놓치지 않는다.
그게 제 불문율이죠.

뭐, 꼴리는 대로
한번 해보시죠.

그래도 이번 사건으로

한중 간에 외교적
마찰이 있을 수
있다는 제 생각엔
변함이 없습니다.

이는 정치적 요구에
따른 것이며,

사회의 질서와 안녕을 위해서 불편한 진실은 공개되지 않을 것입니다.

아무리 그러셔도 제 소신이 변하진 않습니다. 진실을 밝히는 것, 그것이 범죄 수사의 원칙이니까요.

예~ 예~ 더운데 개고생 하십쇼.

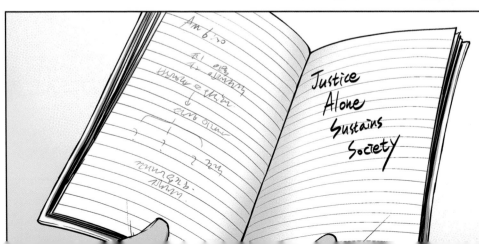

Am 6:30

Justice
Alone
Sustains
Society

...

야, 백인호.

네?

너 인마,
머리에 피 마르니까
말 진짜 안 듣는다. 응?
새끼야.
죄송하지도 않냐?

죄송하면 애초 그런 말
하지도 않았습니다. 국장님.

하아. 꼴통 새끼.
이런 자식을
옛날엔 왜 귀여워
했나 몰라.

눈에 뭐가
씌웠나 보죠.

얼레? 하여간 씨발놈.
말은 잘하네.

야, 간만에 무교동 낙지에 쐬주나 한잔할까?

사건 끝내면 그때 하시죠. 때가 때이니만큼.

어때요? 괜찮으세요?

획

획

어깨에 통증 있으세요?

아뇨, 괜찮습니다.

다행이네요. 그래도 운동은 당분간 삼가세요. 근육에 무리가 갈 수 있으니까.

네.

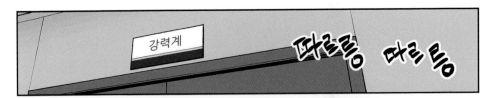

강력계

따르릉 따르릉

따르릉

따르릉

여보세요?

팀장님,
정풉니다.

어디세요?

그건
알 필요 없고,
웬일이야?
뭔 일 있어?

뭔 일은요.
물건 하나 좋은 거
구했는데,

끼익

장소가 애매해서
손 좀 빌릴까 하고요.

집에서
작업한 거
아냐?

미쳤어?
사람들한테
들키면
어쩌려고?

팀장님도 참.
제가 이 일 한두 번
해봅니까?

...

어딘데?

00역 쪽이요.
언제 오실 수
있어요?

예. 딴 데서요.

당장은 곤란하고,
내일 새벽 5시.
00역 도착하면
연락할게.
끊어.

딸깍

후
우

고생했어.

5시 약속이면
집에 가기
애매하네.

그러게.
이러다
이혼
당하는 건
아닌지
모르겠어.

김 형사는
팔 괜찮나?
웬만하면
들어가지그래.

아뇨.
괜찮습니다.
같이
행동하겠습니다.

드르렁

드르렁 쿠~

자, 준비됐으면
슬슬 움직이자고.

지이잉

지이잉

예. 정쭙니다.
어디세요?

여기 00역 5번 출구 앞에 패스트푸드점입니다.

출구에서 금방입니다. 예.

얼마나 걸리세요? 알겠습니다. 기다릴게요.

5분 안에 도착한답니다.

실수하지 말고 잘해.

예.

꾹

여깁니다.

뭐해? 일어나.

이화자 씨.

현 시간부로 당신을 긴급체포 합니다.

변호사를 선임할 수 있고 변명의 기회가 있습니다. 아시겠죠?

이크!

으드드득

타타타탁

야, 다 죽여 버려!

탕

퍽

철커덕

철커덕

他妈的!

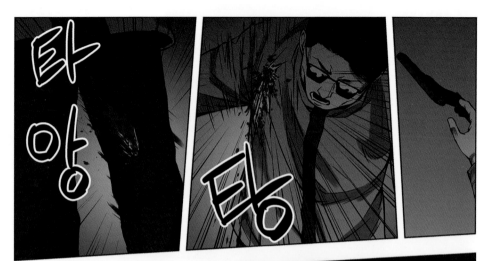

박 선배!
이덕우!

네, 넵!

후
두
둑

뒤처리 부탁한다!

선배님은요?

난 놈을 쫓을 테니
권총 수거해!

탓

네. 알겠습니다!

반장님,
괜찮으십니까?

난 괜찮아.
먼저 지원 요청하고
현장 확보에 신경 쓰게.

니미…!

타타탁

!

타타타탁

파악

거기 서!

왈칵

헉

헉

헉

제기랄!

천천히 뒤돌아서.

양손은
머리 위로!

Okay, ok.

무릎 꿇고
앉아!

후우.

아깝네.

제대로
걸렸으면 그대로
황천행이었는데.
흐흐.

뭐, 상관없어.
어차피 넌 내 손에
죽을 테니까.

이 칼에 죽는
짭새 놈이…!
흐흐.

네 녀석이
세 번째구나.

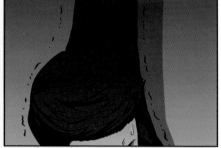

으윽!
어깨가…!

날 붙잡고
어서… 올라와.

이봐, 위험해!
조금만 더 버텨!

애 애 앵

삐요

삐요

피식

크흐흐…!

이왕 이렇게 된 거, 함께 지옥으로 떨어지자. ㅎㅎㅎ.

어차피 난 죽은 목숨이야.

이
야
아
아
아
!

미친…!

크으윽!

이, 이런…
빌어먹을!

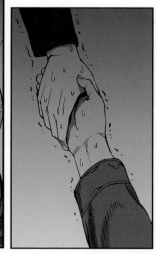

쑥

!

선배님!

?

휴~! 겨우 잡았네!
올라오세요!
어서요!

...

휙

이

이

이

임

선배님,
괜찮으세요?

어, 그래.

내려가자.

새벽 도심을 배경으로 총격전

수정 : 2013.08.14 10:26

크기 + − 스크랩☆ 신고 인쇄 39 9 보내기

영화를 방불케한 공포의 10분,
조선족 폭력조직과 경찰간 총격전

제**군*
1600-XXXX

범인 1명 추락사 1명 중상

입력 : 2013-08-14 09:27:38 노출 : 2013.08.14 09:27:38

좋아요 69 팔로우 mediatoday

○○일보

지난 1일 발생한 20대 여자 및 경찰
토막살인 사건에 공범들로 밝혀져

지난 1일 발생한 20대 여자 및 경찰
토막살인 사건에 공범들로 밝혀져

권총은 중국산 토카레프
국내 유입 경로는?

도 송치되는 인육 먹는 악마들

얼마 전 발생한 20대 여성 살인 사건 이후 조선족에 대한 부정적인 여론이 확산되고 있습니다. 하지만 현재 국내에 거주 중인 조선족이 50만 명에 달하고 있어 이들에 대한 인식 전환이 필요하다는 지적도 나오고 있습니다.

마찰·갈등 번지는 '조선족 혐오'
조선족 사건 잇따르자 혐오 여론 증가

진실은 무엇인가! 의문투성
경찰 주장 엇갈려!
경찰은 계획적인 인육범죄로 판단,
하지만 검찰은 조선족 갱조직의 우발적
사망한 용의자 ○○○
피해가

장면이 공개되면서 경찰은
미리 계획된 인육 관련 범죄로
발표했다고 밝혔다.

며칠 후

또 '인육캡슐' 밀수 .... 수사결과 사람
용의자 "내가 다 먹었다" 주장

오랜만이에요.
선배.

그 사건
마무리하느라
정신없으셨죠?

조금.

잘 지냈어?

저야 잘 지내죠.

어떠세요?
여러모로 말 많던
이번 사건 끝낸 소감이.

범죄 사건이
다 그렇지
뭐.

그래두요.
사건을 담당했던
형사로서의
개인적인 소감이
궁금해요.

흠…

에서 만든
국제공항을 통해 밀수에
하는 등 2004년 10월부터
근까지 중국과 한국을 오가며
육캡슐 수천 정을 국내에 유통
시킨 혐의를 받고 있다.

서 압수한 인육

난 신의 존재를
믿진 않지만,
이번 사건을 겪으면서
그런 생각이
자주 들었어.

혹시 지옥에서
올라온 악마들이
인두겁을 쓴 채
이 세상을
활보하는 건
아닐까?

그렇지 않고서야
어떻게 인간이
인간을
잡아먹을 수
있단 말인가…

88

오늘의 주인공
안상범 교수님을
소개합니다.
따뜻한 박수로 교수님을
맞이해주시기 바랍니다.

전 세계가 주목하는 미학의 달인
<재미로 보는 미학개론> 출판 기념회

짝
짝
짝
짝
짝

꿀꺽
꿀꺽

어머,
안 변호사님.
뭘 그렇게 혼자
맛있게 드세요?

영양제인가요?
못 보던 건데,
어디 꺼?

씨익

정말 몸에 좋은
영양제죠.

제3화 「악마」 끝

The Third Episode.
"Devil"
END

to be continued...
The 4th Episode "The sleep of reason brings forth monsters"

괴물과 싸우고 있는 자는

그 과정에서 자신이 괴물이 되지 않도록 조심해야 한다.

당신이 어둠의 심연을 들여다보고 있을 때,

어둠의 심연도 당신을 들여다본다.

프리드리히 니체

Episode 4.

The sleep of reason brings forth monsters

이번 달은 불법 성매매 집중 단속 기간이야. 원랜 관할서별로 단속하지만

최근 업소와 경찰관 유착 비리가 밝혀져서 우리한테 단속 지시가 떨어진 모양이야.

모두 모였으니 조회 시작하지.

송 형사는 휴게텔이나 전화방, 안마시술소 등 암암리에 성매매가 이뤄지는 업소들을 맡게.

립카페나 키스방 같은 신·변종 업소들도 신경 쓰고.

박 형사, 자넨 거리에 무차별 살포되는 성매매 광고 전단지들 단속하게. 전화번호 추적해서 업자들 검거하도록.

예.

알겠습니다.

김 형사는 덕우 도와서 인터넷상의 불법 성매매 쪽을 담당하게. 덕우가 인터넷을 잘하니까 큰 어려움은 없을걸세.

옛썰!

난 룸이나
단란 같은
대형 업소 쪽을
담당하지.

조회는 여기까지.
다들 건강관리
신경 쓰고.

자,
일 시작하지.

송 선배님, 저 립카페
가보고 싶은데
업무 바꾸실래요?
헤헤.

?

역시 나랑
생각이 똑같군,
크크.

안 돼. 이 자식
퇴폐 업소 가면
진짜 할지도 몰라.

악! 선배님들,
절 뭘로 보고
그런 말씀을
하시는 겁니까?

형사를 가장한 변태
혹은 덕후.

농담이시죠?

아니. 진담인데?

헐~

아 참,
김 형사.

잠깐
나 좀 보지.

자.

치
익

감사합니다.

지난번 여아 납치
살인 사건 범인
기억나지? 김상득이.

물론이죠.

그 인간이 폭력 혐의로
자네를 고소했어. 검찰에서
대질 심문을 벌이겠다고
연락이 왔더군.

늘상 있는 일
아닙니까.

한 건 물었다고
단단히 벼르는
모양이야.

그런데 좀
골치 아픈 것이.

그 자식
변호사가
인권 변호사로
유명한 놈이라더군.
안 머시기던데…

...

검찰청 좀 갔다 오게.

인터넷 성매매 건은 덕우한테 맡기고.

수고스럽지만,

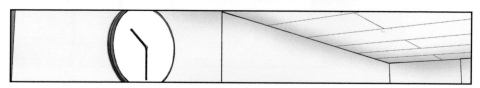

자, 하나만 걸려라.

우히힛.

받은 족지

사과향기

받은일자 : 2013-08-00 오후 00:00:00

난돈년몸님 ㅋㅋ
비번 알려주셈

✔ 회신 ➕ 전달 ❌ 삭제

아싸,
가오리~!
말하자마자
하나
걸리고~♥

호갱님, 비번은 서울경찰청 대표 번호 182입니다. ㅋㅋ.

어서 와, 형사랑 성매매 채팅은 처음이지? ㅋㅋ.

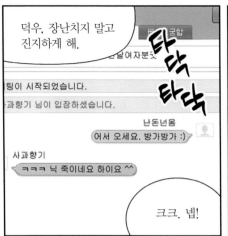

덕우, 장난치지 말고 진지하게 해.

배궁합

팅이 시작되었습니다.

과향기 님이 입장하셨습니다.

난돈년옴
어서 오세요. 방가방가 :)

사과향기
ㅋㅋㅋ 닉 죽이네요 하이요 ^^

크크. 넵!

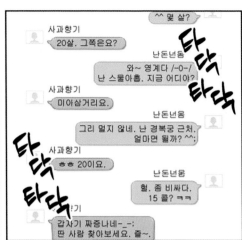

^^ 몇 살?

사과향기
20살. 그쪽은요?

난돈년옴
와~ 영계다 /-0-/
난 스물아홉. 지금 어디야?

사과향기
미아삼거리요.

난돈년옴
그리 멀지 않네. 난 경복궁 근처.
얼마면 될까? ^^;

사과향기
ㅎㅎ 20이요.

난돈년옴
힐. 좀 비싸다.
15 콜? ㅋㅋ

사과향기
갑자기 짜증나네-_-;
딴 사람 찾아보세요. 즐~.

야, 야. 간대잖아. 인마.
그냥 20 준다고 그래.

악! 네, 네.

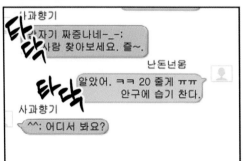

사과향기
갑자기 짜증나네-_-;
딴 사람 찾아보세요. 즐~.

난돈년옴
알았어. ㅋㅋ 20 줄게 ㅠㅠ
안구에 습기 찬다.

사과향기
^^; 어디서 봐요?

대학로쯤에서
보자고 할까요?

그래.

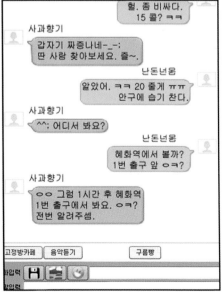

힐. 좀 비싸다.
15 콜? ㅋㅋ

사과향기
갑자기 짜증나네-_-;
딴 사람 찾아보세요. 즐~.

난돈년옴
알았어. ㅋㅋ 20 줄게 ㅠㅠ
안구에 습기 찬다.

사과향기
^^; 어디서 봐요?

난돈년옴
혜화역에서 볼까?
1번 출구 앞 ㅇㅋ

사과향기
ㅇㅇ 그럼 1시간 후 혜화역
1번 출구에서 봐요. ㅇㅋ?
전번 알려주셈.

고정방카페   음악듣기   구름방

입력
확인력

내 전번은
공일공에
이육칠팔…

타닥
타닥

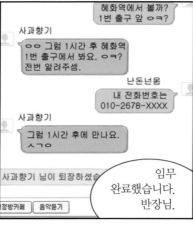

혜화역에서 볼까?
1번 출구 앞 ㅇㅋ?

사과향기
ㅇㅇ 그럼 1시간 후 혜화역
1번 출구에서 봐요. ㅇㅋ?
전번 알려주셈.

난돈넘옴
내 전화번호는
010-2678-XXXX

사과향기
그럼 1시간 후에 만나요.
ㅅㄱㅇ

사과향기 님이 퇴장하셨습...

정방카페   음악듣기

임무
완료했습니다.
반장님.

수고했어.
채팅화면
캡처해서
저장해놓게.

예.

약속 잡는 게 능숙하네.
수상해. 선수 아냐?

왕년에
제가 한
바람둥이
했죠.
우헤헤.

그런데 김준 선배
어디 갔어요?

두리번

두리번

아, 잠깐 일이
있어서 나갔네.

그럼 저 혼자
나가는 건가죠~?

쩌~

차

악

아싸~♥

100

이름도 몰라요~♪
성도 몰라~♪

...

난 형사닷!
옷을 벗지
못할까!
으하핫!

짝 짝

꺄악

왠지 불안해...

저도...

게
익

어떻게
오셨습니까?

서울경찰청
강력계에 근무하는
김준 경장입니다.

대질심문이
있다고 해서
왔습니다만.

?

아, 잠시만
기다리세요.

김 비서,
여기 문 좀 닫아요.

예. 검사님.

끼익

어서 오십시오, 손님.

지금 손님이 많아서
좀 기다…!?

께익

경찰입니다.

성매매 불시
단속 나왔으니
협조 부탁합니다.

송

서울

다들 성매매가
불법인 거 알고 계시죠?
모두 신분증 꺼내주세요.

좆됐다.

105

난돈년몸님?

안녕하세요.
사과향기예요.

예, 예쁘시네요.

네?

왠지
덕후스럽…

?

경찰입니다.

조용히 이야기 좀 할까요?

김 비서. 형사님 계시면 들어오라고 해.

예.

들어가세요.

덜컹

그렇게 불안해하실
필요 없습니다.
상득 씨.

김준 경장님?

예.

안녕하십니까.
인권 변호사
안필립이라고 합니다.
이번에 김상득 씨의
변호를 맡게 됐습니다.

김준입니다.

자, 앉으시죠.

경장님을 부른 이유는,
김상득 씨의 체포 당시
경장님의 야간 주거지 침입
및 과잉 진압 건에 대해
대질심문을 하고자
불렀습니다.

과잉 진압이
아닙니다.

당시 납치 피해자인 소녀와
저를 향해 김상득 씨가
총을 쏘는 등 급박한 위기
상황에서 나온
정당방위입니다.

아, 그렇습니까?
서로 이견이
있는 듯한데
대화를 나눠
보도록 하죠.

먼저 야간
주거지 침입부터
시작할까요?

그건 긴급 출입권에
해당하는 상황이라고
생각했습니다.

글쎄요.
그 행위가 적법한지
절차를 하나하나
따져봅시다.

2001년생?

01년생이면…
대체 몇 살이야?
고2? 고3?

… 고2요.

헐. 하마터면
아청법으로
구속될 뻔…;;
ㄷㄷㄷ

그동안 이런 짓 몇 번이나 했지?

주민등록증
박세희(朴勢熙)
010318-2XXXXXX
서울특별시 강북구 미아동
345번지
20XX. X. XX
서울특별시 강북구청장

…열 번 정도요.

그 남자들, 연락처 가지고 있니?

예. 핸드폰에 다 저장되어 있어요.

오빠♪
강남
스타일

김 준
010-34xx-47xx

선배님 어디세요?

딸깍

검찰청에 일이 있어서… 사건 진행은?

네. 성매매 혐의자와 함께 사무실에 들어가는 중입니다.

부와응

알았어. 나도 지금 들어간다.

경찰의
긴급 출입권 행사는

이는 독재 시절
불심검문과 마찬가지로
이 나라의 주인인
국민을 잠재적 범죄자로
취급하는 것과
진배없습니다.

대표적인 인권침해
행태로 오·남용될 소지가
큰 악법입니다.

이 사진을
봐주시기
바랍니다.

엄격한
법적 절차 없이
자의적 판단에 따라
긴급 출입권을
행사한 경찰관에게
무참히 구타당한
용의자의
모습입니다.

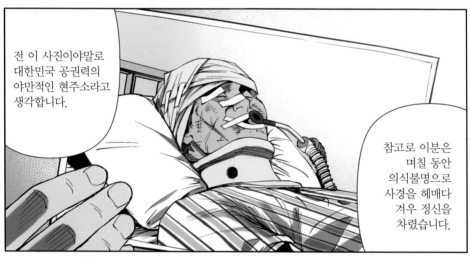

전 이 사진이야말로
대한민국 공권력의
야만적인 현주소라고
생각합니다.

참고로 이분은
며칠 동안
의식불명으로
사경을 헤매다
겨우 정신을
차렸습니다.

경찰은 인육 토막
사건을 예로 들며
긴급 출입권의 정당성을
부여하고 있지만,
그 사건은 경찰에 권한이
없어서가 아니라 신고가
들어왔을 때 제대로
대응하지 못했기 때문에
발생한 비극적인 사건입니다.

존경하는
국민 여러분.

인권 보장
차원에서 경찰의
긴급 출입권은
재검토돼야 합니다.

이만 마치겠습니다.
감사합니다.

범죄 수사를 위한
공권력 강화도 중요하지만,
헌법 제12조에 명시된
신체의 자유와 적법 절차의 원칙,
그리고 고문을 받지 않을 권리에
대해 다시 한 번 되새겨봐야
할 때가 아닌가 싶습니다.

후우

덜 컥

안 변호사님.

인권을 무시하고
용의자를 가혹하게
구타한 경찰관이
도대체 누구입니까?

가르쳐주시죠.
독자들은
진실을
알 권리가
있습니다.

강력 1반

여기가
경찰청이면
그쪽은
청와대라고요?
아뇨.

뭐, 뭐라고요?

아저씨.
지금 제가
농담하는 줄
아세요?

스팸 전화 아니거든요?
저 조선족 아니거든요?
이렇게 발음 정확한
조선족 보셨쎄요?

아뇨. 알겠습니다.
그럼 댁으로 출석요구서
보낼게요! 예. 끊겠습니다.

아오오!
방귀 뀐 놈이
성낸다더니 딱
그 짝이네!

영계,
왜 그렇게
씩씩
거리니?

여고생과 불법 성매매한
인간들한테 출석하라고
전화했는데, 오히려 저보고
스팸이라면서 큰소리치잖아요.

아,
안녕하세요.

크크

킄

아우, 짜증 나!

쯧쯧.
넘 스트레스
받지 마.
그러다가
위장병 생긴다.

덕우야.

네?

그렇게
열 받으면
이 누나가 대신
전화해줄까?

부릉

김준 경장님.

어디까지
가십니까?
더운데 타시죠.

목적지까지 시원하게
모셔다드리겠습니다.

아뇨, 괜찮습니다.

그러지 말고 타시죠.

김상득 씨 소송과는
별개로 형사님과
좋은 인연을 맺고
싶습니다.
어떠십니까?

?

형사님 입장에서도
저처럼 유능한
인권 변호사와
친분을 쌓아두는 게
나쁘지 않다고 봅니다만.

호의는
감사합니다만
전 지하철이
편합니다.

지금 타고 계신
차량만큼이나
빠르고 시원하죠.
훨씬 더 비싸고요.

병.

안전벨트
꼭 매시고
변호사님
갈 길 가시죠.
그럼.

신.

평생
그 비싼 지하철이나
타고 다니세요.

옵하♥ 저
한 달 전쯤에 만난
사과향기라고
하는데여,
기억나시쩌?

그 일 이후로 옵하 생각이
자꾸 나서여. 옵하는 저
안 보구 싶으세여? 으응…?
아잉~ 부끄부끄♡

저 가증스러운
목소리 언제까지
들어야 돼?

피할 수
없으면 즐겨.
나처럼 눈 감고.

옵하, 한 시간 내로
올 수 있쩌여?

그럼 내비 켜고 종로구
사직로8길 31번지
504호로 오세여.
나 옵하 올 때까지
애타게 기다리고
있을 꺼얌.
유후~ 알았징?

응? 거기가
어디냐고?

어디긴 어디야?
서울지방경찰청
강력계 사무실이지.
윤창준 씨.

갑자기 시간이
없다구요? 좀 전엔
나 보러 슈퍼맨처럼
광속으로 날아온대매.
장난해, 지금?

헐…

성매매 혐의로
조사할 게 있으니까
한 시간 내로 오세요.

집으로 출석요구서
보내서 가족들한테
개쪽 당하기 전에
한 시간 내로 날아오세요.
그럼 끊습니다.

끼익

전화는 이렇게
하는 거야?
알겠니?
영계 덕후야.

아싸! 트리플 킬!
아우, 통쾌해! 카카!

나이스~

숙희 님이
미쳐 날뛰고
있습니다.

피할 수 없으면 즐겨.
나처럼. ok?

헐…

덕우야.

나 없는 동안
고생 많았어.
뭐 특이 사항 있어?

예. 별문제는
없구요.

아, 성매매 혐의자 중
한 명이 계속 전화
받기를 거부하네요.

?

신원 조회해보니
OO대학교 미술학과
교수던데요…

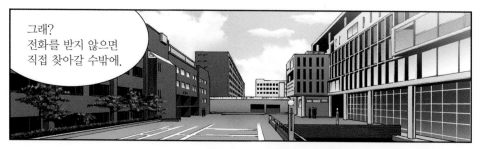

그래?
전화를 받지 않으면
직접 찾아갈 수밖에.

탕

교수 **안상범**

S.B AN

강의 식사 재실

뚝뚝

예. 들어오세요.

끼익

실례합니다.

?

！

어떻게 오셨습니까?

오늘 자주 뵙네요.
김준 경장님.

음? 아시는 분인가?

예, 전에 언급한
김상득 씨 사건 담당
형사분입니다.

아하.

용건이
있으신 것
같은데,
전 이만 실례
하겠습니다.

안 변호사, 다음에
와인 한잔합시다.
나이 드니까 와인이
딱이야. 하하.

예, 언제든지
불러만 주십시오.
형님.

수고하십시오.
형사님.

예.

그나저나
무슨 일로
오셨는지?

박세희라고
아시나요?

글쎄요…
우리 학교 학생인가요?

아뇨.
그럼 사과향기는
기억하십니까?

성매매 혐의로
조사할 게 있으니
서로 가주셔야
겠습니다.

저… 지, 지금
구속되는 겁니까?

지금은 단순한
조사고, 나중에
혐의가 입증돼도
초범이면 대부분
벌금형 등의
처벌을 받습니다.

너무 긴장하지
마십시오.

그, 그렇군요,
벌금형이라…

아뇨,
괜찮습니다.

형사님.

이번 한 번만
눈감아주시면…
안 되겠습니까?

?

한 달 후에
교수 재임용 심사가
있습니다.

성매매 관련 사실이
학교에 알려지면…
교수 생명은 끝입니다.

인간적으로…
제 입장에서
한 번만
생각해주십쇼.

이번만 봐주시면 그 은혜는
절대 잊지 않겠습니다.
진심입니다.

아, 좀 전에
안필립 변호사 보셨죠?
이래 봬도 제가
법조계와 정치 쪽으로
지인들이 제법 많습니다.
봐주시면 어떤 식으로든
보답할 테니,
좀 부탁드리겠습니다.

교수님.

교수님
인맥 넓은 것과
이 사건이
무슨 상관이죠?

…

내일 오후 1시까지
서울지방경찰청
강력계로 오시기
바랍니다.
그럼.

끼익

오늘은 시간이
많이 늦었군요.

아 참.

교수님 뒤에 걸린
그림이 인상적이군요.

고야의
〈이성이 잠들면
괴물이 눈뜬다〉,
맞나요?

그림 제목처럼
부디 이성적으로
생각하시길.

...

안 돼!
이 사실이 학교에
알려지면…
난 끝장이야!

으아아아아!

타닥 타닥

웅성

웅성

타닥

어서와 경찰서에 온... 것이지?

다음 날

글쎄요. 정확한 날짜는 긴가민가하구요. 그쯤 만나긴 만난 것 같아요.

문 : 피의자는 두 달 전인 8월 3일, 00역... ...구 앞에서 '사과 향기'라는 ID를 쓰는 박세희를 만난 적이 있나요?

답 : 글쎄요. 정확한 날짜는 기억 안 나지만,

타닥 타닥

따르릉

따르릉

간만입니돠. 김 경장님.

?

저 기억하시죠? A일보 사회부 이정우 기잡니다.

철컥

친절히 모시겠습니다. 서울지방경찰청 강력계 김준입니다.

133

예. 무슨 일이시죠…?

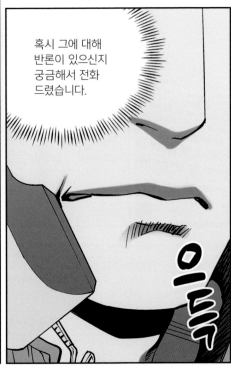

혹시 그에 대해
반론이 있으신지
궁금해서 전화
드렸습니다.

안필립 변호사 아시죠?
그 양반이 요즘 경찰의
긴급 출입권에 대해 하도
난리를 쳐대서요,
그 대표적인 악용 사례로
김준 경장님을
지목하더라고요.

으득

홍보계로 인터뷰
요청하시면
그때 반론
하겠습니다.

지금은
바빠서 이만.

딸각

식사하면서
긴히 드릴
말씀이
있어서요.

아이구, 김 경장님,
어서 오세요.
기다리고
있었습니다. 하하.

바로
들어오시지 않고,
이리 부르신
이유가…?

일단 앉으시죠.

음식이 입에
맞을는지
모르겠습니다.

잔 받으시죠.

제 손이
민망합니다.
일단
첫 잔이니
받으시죠.

까닭 없이
접대 받기
곤란합니다.
절 부르신
이유부터
듣고
싶습니다만.

허허,
이거 참…

차차 말씀드리려고
했는데, 그렇게
말씀하시니 뭐…

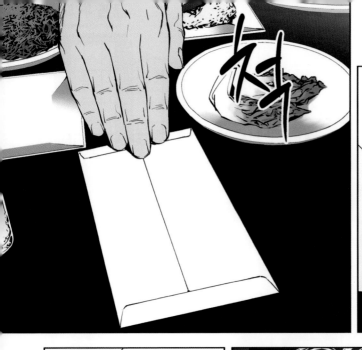

이게
뭡니까?

2,000만 원입니다.
형사님.

약소하지만
제 성의니
받아주시지요.

...

꿀꺽

어쩌 배보다 배꼽이 더 큰 것 같습니다.

피식

아이러니하군요. 잘해야 기소유예나 100만 원 내외의 벌금형을 2,000만 원으로 막으려 하다니.

하하, 그런가요?

형사님, 좀 부탁드리겠습니다. 교수로서 제 명예가 걸린 일이라서…

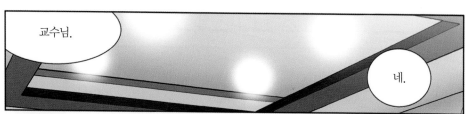

교수님.

네.

이 봉투 당장 치우지 않으면 뇌물 공여죄로 체포하겠습니다.

요즘 교직원 연봉 괜찮…

말이 안 통하는 분 같네요.

…

혹시 내부 감찰 때문에 그러십니까…? 그럼 취직 안 된 가족분 있음 저희 대학 직원으로 취직시키는 건 어떨까요?

1시까지 오세요. 경찰청 504호입니다.

김 경장님, 잠시만요! 형사님!!

…

이익!

말단 형사
주제에 감히…!

감히!

내 호의를 무시해!

씨발놈!

개새끼!
대체 뭘 얼마나
바라는 거야, 응!

나 혼자
죽을 순
없어.

죽여버리겠어…
다 죽여버리고
말 거야…!

으아아아아!

141

삐걱삐걱

비틀

비틀

비틀

휘청

턱

씨발,
엿 같은
세상…

약주 많이 드신 것
같은데… 대리
불러드릴까요?

꺼져!

화악

악

쿵

엌!

크크.

씨발놈들.

이 안상범이가
니들 명령에
따를 것 같애?

천만에!
아주 빅엿을
먹여주마.
개자식들!

툇

?!

아 씨,
뭐야…?

침 뱉는데 누가
지나가래? 크크.

지금
뭐 하는
거예요?
아저씨!

벌컥

벌컥

뭐, 뭐라고요?

아우, 열 받네.
이 아저씨가
진짜!

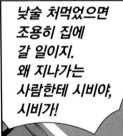

낮술 처먹었으면
조용히 집에
갈 일이지.
왜 지나가는
사람한테 시비야,
시비가!

이년이 죽으려고
환장을 했나?

웅성

웅성

뭐, 이년?
너 이 새끼
죽을래, 진짜!

죽여봐, 죽여봐!
이 새끼들아!!

…

나와, 죽일 테니
나오라고!

개자식들…!

벌레 같은 새끼들이
감히 날 두들겨 패?
이런 씨발… 크크크!

저런 연놈들 때문에
내가 모든 것을
잃어야만 돼? 응?

안 돼… 웃기지 마.
그럴 순 없어…!

?

?

저 자식. 지금
뭐 하는 거야?

미안하지만, 죽어줘야겠어.
그게 날 우습게 본 벌레들의
운명이지…

뭐야?
우리 찍는 거야?
왜?

몰라. 낮술 먹고
제정신이 아닌가 봐.
미친놈.

멀티메일이
도착했습니다.

쇼 타임~♥

?

멀티메일

멀티메일
다운로드 중

· · · · · ·

메뉴 답장 삭제

깩!

두써

부우웅

이 미친 새끼!
쳐봐, 쳐봐!
못 치면 너 죽어!

야. 어떤 미친놈이
사람 죽이겠다고
살인 예고
글 올렸는데?

증말?

어디 봐봐.

목　　**지금부터 이 연놈들을 죽이겠습니다**
글쓴이 타이거 | 조회 34 | 댓글 2

오, 예! 죽이는데!

이거 싸이코네.

차로 두 연놈들을 깔아 뭉겔 거예요. 차로 안될 것

낚시 아냐?
크크.

뭉겔 거예요. 차로 안될 것 같으면..

죽이면 추천한다고
댓글 달어. 크크.

십자드라이버를
사용해 죽이겠습니다.
진심입니다.

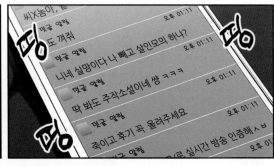

씨X놈아, 틑
댓글 알림　　　오후 01:11
도 꺼줘
니네 실망이다 나 빼고 살인모의 하냐?
댓글 알림　　　오후 01:11
딱 봐도 주작소설이네 쌍 ㅋㅋㅋ
댓글 알림　　　오후 01:11
죽이고 후기 꼭 올려주세요
댓글 알림　　　오후 0
실시간 방송 인증해ㅅㅂ
오후 0

?!

멀티메일

이 시간 이후
벌어진 일은 모두
김준 당신 책임입니다!^^

메뉴　　답장　　삭제

149

악!

아악! 오빠!
나 다리
부러졌나 봐!
아파 죽겠어!

야, 이 미친놈아!
그렇다고
진짜 사람을 쳐!

내려!
안 내리면
죽여버린다!

병신,
아무리 때려봐라,
니 주먹만 아프지.

개자식들.

수군 수군

나 맞는 거 멍하니 구경하던 새끼들이 이젠 나한테 손가락질해?

들그득

부앙!

퍽

!!

꺄악!!

으악

쎄이익

콰 콰 콰 콱

으아아아악!

피해!

153

까아아악!

다 죽어!
이 개새끼들아!
이히히히!

이~햐!!

!

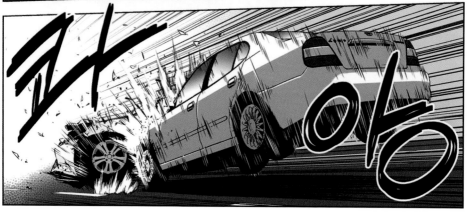

ㅇ ㅇ…!

야,
이 새끼야…!

죽엇~!

미친 새끼!

네가 사람 새끼냐!
이 씨발놈아!
소희 살려내!
흐윽…!

침 뱉는 거
뭐라고 했다고
사람을 죽여!

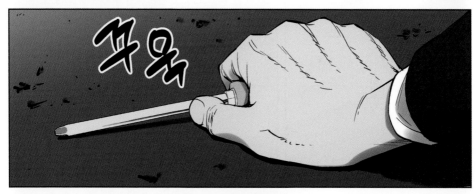

아…

으아아아…!

이 안상범이 침 뱉는 거
뭐라 그러면 죽는 거야.
그게 법이야.
이 벌레 같은 자식아.

알았어? 크크크.

미, 미친 새끼…

내가
미친 새끼라고?

그래. 이 괴물
같은 놈아…

괴물? 그래.
내가 바로
괴물이다!

너희가
날 이런 괴물로
만들었어!

크카카카!
죽어, 죽어,
죽어, 죽어!

뭘 봐,
이 병신들아!

도망치라고!
괴물을 피해
비명을 지르며
도망쳐!
크카카!

휙

휙

깍!

으아악!

꺄악!

크…!

터뻑

터뻑

크크~!

터뻑

터뻑

터뻑

카하하
하하!

189 팔로잉　306 팔로워

@_____

여기 경복궁역 근처인데 난리 났음. 한 미친놈이 차로 수십 명 박아버리고 도망감ㄷㄷㄷㄷ

◻ 사진 숨기기　　↰ 답글　↻ 리트윗　★ 관심글 담기　•••더

27 리트윗　47 관심글

13년 X월 X일 - 4:21 PM - 자세히

@_____ 님에게 답장

@_____　@_____
@_____ 헐...

◻ 사진 보기

지금 이 근처에서 묻지 마 난동 사건이 벌어진 모양인데요?

어?

어떻게 알았어? 인터넷에 뉴스 떴어?

아뇨. SNS요.

SNS…?

요샌 사람들이 자신이 보고 겪은 현장을 웹에 바로 올리거든요. 이게 뉴스보다 더 빨라요.

애애애애앵~

저쪽인가 본데?

사람들 많이 다쳤나 보네. 쯧쯧. 점점 미친놈들이 많아지는 거 같아.

?

161

선배님.

?

웹에 범인을
찍은 동영상이
올라왔는데요.
아무래도…

우리가 아는 사람인 거
같습니다.

!!

3:44 / 8:28

이 시간 이후
벌어진 일은 모두
김준 당신 책임입니다!^^

메뉴

왜? 아는
사람이야?

확인을 해봐야
할 것 같습니다.

그럼 꾸물거리지
말고 다들 가보라고.
어차피 우리
관할이니까.

예.

삐오 삐오 웅성 웅성

애애애앵

으으...

으윽.

응급차 더 요청해, 어서!

삐 오 삐 오

이 형사. 저번처럼 토하면 안 돼. 정신 바짝 차려.

네, 넵!

송 형은 나랑 과수대 올 때까지 현장 확보하고 목격자들 확보하자고.

그래.

이 형사는 반장님한테 연락해서 차량 번호 조회하고.

예. 선배님.

김 형사, 자네는 용의자를 안다고 했지? 소재지도 알고 있나?

네. 알고 있습니다.

좋아. 그럼 곧바로 신병 확보에 나서.

이건 촌각을 다투는 긴박한 상황이니까 범인 검거가 최우선이야. 서둘러.

이 형사도 함께 가도록.

선배.

잠시만요.

여긴 웬일이야?

근처에 볼일 있어서 왔다가 들렀어요.

어디 가세요?

응. 용의자 검거하러.

차 가지고 가려면 본청까지 걸어가야 해서.

그럼 제 차 타고 가요. 요 앞에 세워뒀으니까.

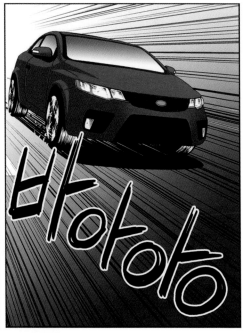

바아아앙

차량 번호가 5039라고 했지?

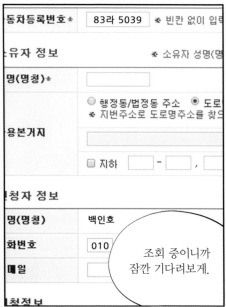

동차등록번호* 83라 5039 ※ 빈칸 없이 입력

유자 정보 ※ 소유자 성명(명

명(명칭)*

행정동/법정동 주소 ○ 도로
※ 지번주소로 도로명주소를 찾아

용본거지

지하 □ — ,

청자 정보

명(명칭) 백인호

화번호 010

조회 중이니까 잠깐 기다려보게.

메일

청정보

꾹

확인

부

웅

예.

나왔네.

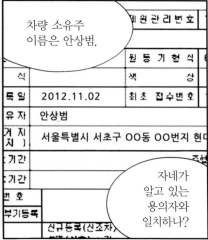

차량 소유주 이름은 안상범.

		회원관리번호	
		원동기형식	
식		색 상	
득일	2012.11.02	최초 접수번호	
유자	안상범		
거지지)	서울특별시 서초구 OO동 OO번지 현디		
기간			
기간			
번 호			
부기등록			
	신규등록(신조차		

자네가 알고 있는 용의자와 일치하나?

헐. 대박.

저희는 지금 OO대학교로 가고 있습니다.

용의자가 미술학과 교수로 재직 중입니다. 네, 알겠습니다. 반장님.

예, 맞습니다.

참나, 설마 했는데 진짜 깨네요. 선배님.

탁

뇌물 거절당했다고 앙심 품고 사람들 죽이는 게 말이 돼요? 사이코패스인가?

사이코패스는 아닌 것 같아요.

?

168

자초지종을 들어보니
홧김에 저지른
충동 범죄 같네요.

충동 범죄요?

분노조절장애가
원인인.

예. 순간적으로
화를 참지 못하고
흉기를 휘둘러 사람을
죽이거나 다치게 하는
충동 범죄가
점점 늘고 있어요.

속도와 경쟁을
강요하는 사회적
스트레스 때문에 분노를
조절하지 못하는 성격
장애자들이
늘면서 생겨난
현상이죠.

2008년 아키하바라
무차별 살인 사건과
2012년 여의도
흉기 난동 사건
등이 대표적인
예라고 볼 수 있어요.

아무리 그래도…
전 이해가 안 돼요.

다만 이번 사건 같은 경우엔,
자신의 현 위치를 잃고 나락으로
떨어질 수 있다는 공포가
편집증으로 변해 상황을
악화시키는 데 일조한 것을
알 수 있어요.

부

저도
마찬가지예요.

따닥

따닥

이런 극한
심리적 상황에서
공격 본능은
방어기제로
작용하게 되죠.

그래. 내가
바보 같은 짓을
저질렀다는 거 알아.
술 먹고 실수한
것뿐이라고.

따닥

따닥

슥

안 변호사.
그러니까
자네가 변호 좀
맡아주게.

돈은 원하는
대로 다
줄게.

같은 집안사람끼리
좀 도와줘.

무죄는 바라지도 않아.
나 그렇게 몰염치한
인간 아닐세.

한 10년 받고 2/3정도만
형기 채우면 나올 수
있도록 도와주게.

MBS 가스라인
서 자동차 난동사건 사망자 4명, 부상자 7명

죄송하지만…

이번 사건 변호는
곤란할 것 같습니다.
안 교수님.

권 변호사

안 필 립

!

왜?

...

그걸 꼭
말로 해야
알아
들습니까?

말해봐!
왜 못 맡냐고!

소아 성애자,
그 쓰레기도
변호해주면서
왜 나는 변호하지
않겠다는 거야?
앙!

안 교수님.

?

그 소아 성애자는
인권 변호사로서의
제 이미지 마케팅용일
뿐입니다.

인권 변호사 안필립

그 녀석이
사형을 받든
무죄가 되든
난 상관하지
않습니다.

다시 말해서
교수님 변호를
안 맡겠다는 건
제가 이용할
메리트가 없다는
얘기죠.

무슨 뜻인지
이제
아시겠습니까?

이 개새끼.
말하는 거
보소.

그래, 넌
어릴 때부터 그랬어.
성공을 위해서라면
주변 사람은
수단에 불과했지.

172

세상 차암 좋아졌어.
살인범 새끼가
인권을 들먹이는
변호사가 되다니…
크크크.

정말 웃기는
세상이지,
안 그런가,
안 변호사?
크크큭.

…

그 어떤 말로
도발하든
그쪽 변호는
맡지 않겠습니다.
그럼.

떡

통화종료

이, 이봐!
안 변호사.

173

야!
안필립!

이
개새꺄!!

이런 씨발!
개 같은 새끼들…!
다 죽여버릴 거야!
으아아아~!!

이~

뽀드득

안 변호사님. 인터뷰할 여성지 기자분들 오셨습니다.

예, 들여보내세요.

슥

탁

께 익

안녕하세요.

처음 뵙겠습니다. 변호사님.

네, 반갑습니다. 인권 변호사 안필립입니다.

안에 있나 보네요.

꾹

위험할 수 있으니까
서연은 여기 있어.

뚝 뚝

안상범 씨.

경찰입니다.

안에 계신 거 압니다.

반항하지 말고 조용히 같이 가시죠.

예.

끄덕

덜컥

안상범 씨…?

끼이익

119… 아니,
과수대 호출해.

네.

저 그림은…?

〈아들을 잡아먹는 사투르누스〉, 고야의 유명한 걸작이에요.

그는 누이인 레아를 아내로 맞이해 제우스를 비롯해 수많은 자식을 낳죠.

사투르누스는 그리스 신화의 크로노스(Cronos)를 의미해요.

하지만 훗날 자식들에게 자신의 왕좌를 뺏길 거라는 예언에 이성을 잃고 아들을 차례로 잡아먹어요.

그리고 뒤늦게 자신이 돌아올 수 없는 강을 건넜다는 사실을 깨닫고 두려움에 떨고 있는 모습이죠.

고야는,
아들을 잔인하게
살육하는 괴물의
흉측한 모습에
인간의 악마적
본성과 폭력적인
행동을
형상화했어요.

경찰은 모 대학
안모 교수를 이번
사건의 유력한 용의자로
보고 소재 파악에
나섰다고
발표했습니다.

그럼
안 교수에게 있어
'아들'을 의미하는
텍스트는
뭐였을까요?

김준 선배를 비롯해
자신의 지위를
빼앗으려고 했던,
이 사회 시스템이
아니었을까요…?

제4화 「이성이 잠들면 괴물이 눈뜬다」 끝

The 4th Episode.
"The sleep of reason brings forth monsters"
END

to be continued...
The 5th Episode "Chaophobia"

사람들은 평화로운 세상에 살기를 원하지만,

그들을 한 꺼풀 벗겨서 내면 심리를 들여다보면

거기에는 잔인한 '동물성'이 자리 잡고 있다.

즉, 조커의 상징성처럼 평화의 얇은 표면 아래에는

잔인한 '야수성'이 존재하는 것이다.

스탠리 큐브릭

영화《시계태엽 오렌지》관련 『뉴스위크』와의 인터뷰에서

Episode 5. Chaophobia

오케이,
크크크!

좋아. 오늘은
저년으로 정했어.
탁탁탁.

소리 질러!
복! 수!

크크크!

이년아,
이리 와!

댑

씩

아악!
사, 살려주세요!

야, 넌 어떻게
생각해?

네? 뭘요?

오석철 말야.
너희 같은 조선족
씨발연놈들이 한국
들어와서 사람
토막 내서 인육
먹으려고 한 사건에
대해 어떻게
생각하냐고.

나, 나쁜 놈…들이죠.
흑흑. 살려주세요…
제발!

싹

싹

싹

188

죽어
마땅하지?

그래. 네년은
죄를 아는구나.

예. 그럼요,
흑흑!

네…?

니 죄를 아니까
뒤지라고, 개년아.

아악!

?

야, 너! 뭘 봐?
뭘 보냐고!

뭘 보냐고,
이 새끼야!

살려주세요!
아저씨!

이
씨발년이!!

퍽

퍽

악!

야! 꺼져,
꺼지라고!

맞고 꺼질래?
그냥 꺼질래?

크크크.
뭐야? 저 병신.

그냥 가면 되지,
왜 사서 욕을 먹냐.
크크크.

시발, 열 받는데
쫓아가서 팰까?
크-

응? 이 씹새끼야!
대답해봐!

지랄. 열 받으면
혼자 가서 패보든가.

잉?
나 혼자 어떻게?
흩어지면 죽고
뭉치면 산다.
몰라?

변명 보소. 크크크.
겁나면 겁난다고 말해,
병신아.

A - PEN

자 자,
이제 처형식을
시작하자.

그년
꽉 잡아.

쩌어
쩌어이잉

아악,
으읍!

아들~
오늘도
밤새는 거야?

빨리 찍어.

응, 공부 좀
더 하다 들어갈께.

크크

어이구,
우리 아들
누굴 닮아 이리
이쁠까?

몸 상하지 않게
조심하고.

쩌이익

꺄악!

응, 엄마.

나도 사랑해.
엄마.

퍽

퍽
작동중

오예!

크크.

방범용 CCTV 작동중

...

촬영 끝났습니다.
이제 옮기서도 됩니다.

숙희 씨.
고생이 많네.

비번인데
나오셨네요.

그래.
고생들 많다.

안녕하세요,
반장님.

피해자
검안 결과는
어떻습니까?

전신에 수많은
타박상(打撲傷) 및
골절상이 있는 것으로
봐서 사인(死因)은
무차별 가격에 의한
타살 같아요.

지이익

자세한 건
부검을
해봐야
겠지만,

성폭행 당한
흔적도 있고,

5

목과 입가에서
지두흔(指頭痕)이
발견된 것으로
보아 피해자가
격렬하게
저항하다
살해된 듯
싶어요.

피해자
신원 파악은?

예. 다행히
신분증이
지갑 안에
있었습니다.

조선족입니다.
이름 이순희.
나이는 28세.

외국국적동포 국내거소신고증   KOR

거소신고 850316-XXXXXXX
편 호   YI SUN HUI

국 적 종 국
체류지격 재외동포(F-4)

인천출입국관리사무소

조선족?

예. 반장님.

목격자는 없나?

워낙 새벽녘에 벌어진 일이라 목격자 확보는 힘들 것 같습니다.

좋아. 그럼 김 형사와 덕우는 주변 탐문 조사하면서 일대 CCTV 영상 확보해서 용의자 신원 파악에 힘쓰고.

박 형사, 송 형사는 피해자 유족 연락처 알아내서 사고 소식 알리도록.

네…

난 피해자 체내에서 용의자 DNA가 검출되면 국과수 DB와 비교해보지.

방범용 CCTV 작동중

정규진.
경찰이다.
꼼짝 마!

카하하하!
이 새끼들
좆나
새가슴
이네?
크크크.

야,
이 새끼야!
진짜 깜짝
놀랐잖아!

아오. 시발
나 지렸어.

밤새 잘들 잤어?
별일 없었지?

말도 마라.
밤새도록 좀비가 된
그년한테 쫓겨
다니는 꿈꿨다.

오오미.
또 지려부럿소잉.

야. 그 여자…
죽었겠지?

씨발!
조용히
안 해?

야, 다들 명심해.

입조심하고, 혹시라도 잡히면 혼자 다 뒤집어쓰고 들어가는 거다. 불면 죽는 거야. 알았어?

U-구로 도시관제센터

U-구로 도시관제센터

혈. 대박~! 진짜 CCTV 많네요.

CCTV가 구내 몇 개나 돼요?

한 650개 내외가 될 겁니다.

보고 싶은 CCTV 위치가 어디라고 하셨죠?

오X1동 34-X번지 근처입니다. 주민센터와 시장 사이 주택가 골목입니다.

어디 보자.

그럼 30번부터 37번까지 카메라네요. 범행 시간대는요?

오늘 새벽 01시부터 06시 사이입니다.

광범위하네요.

자, 두 분도 여기 앉아서 CCTV 2개씩 맡아서 보시죠.

예.

안치실

삼가 고인의
명복을 빕니다.

마, 말도
안 돼…

우리 누나 아, 아닐 거야.
뭔가 착오가
생긴 거예요…

그, 그렇죠, 형님?
누, 누나 아니죠?

여, 여보…

으아아아!!

U-구로 도시관제센터

?

선배님,
이놈들 같은데요?
맞죠?

?

201

허어.
이놈들 보게?

아주 지랄을
떠는구먼.
이 미친 새끼들.

그런데…
얼굴에
뭘 썼나?
멀어서 잘
안 보이는데,
뭐지?

분장한 것
같기도
하고…

어우,
답답해.

화면 선명하게
줌-인 안 돼요?

그런 거
여기서 안 돼요.
국과수
영상 연구실에
보내는 수밖에
없어요.

!?

잠깐만.

화면에선
안 보이지만 누구랑
이야기하는 것 같은데…
안 그래?

그러게요.
현장 목격한 행인이랑
말다툼하는 거
같은데요.

누구지?
이 목격자 반드시
찾아야겠네요.

간다,
간다.

저 목격자가
올라가는 골목으로
이어지는 CCTV를
보여주시죠.

네. 잠시만요.

저기가
집인가
보네요.

저 CCTV에 찍힌
빌라의 주소지를
알 수 있을까요?

잠시만요.

타닥 타닥

지도랑
비교해볼게요.

정확하진 않지만
94-10이나 12번지
건물로 보이네요.

툭

감사합니다.

그런데, 살인범은
잡았습니까?

아뇨.
현재 신원 파악 중에
있습니다.

크크크.

시발. 잡을 수 있어도 안 잡았겠지.

조선족 여자 하나 죽은 거 신경이나 쓰겠어?

대한민국에서 조선족은 벌레만도 못 한 존재잖아! 안 그래!

벌레보다 못 한 조선족 죽었다고 수사나 제대로 하겠어!? 말해봐, 이 씨발놈들아! 응!?

놔, 이거!

형님, 형사분들한테 왜 그러세요?

아, 순희야, 미안하다…
바보 같은 남편 만나
고생만 죽도록 하다가
비참하게 가는구나! 흑흑!

사람들이 흉봅니다.
형님. 그만하세요.

저 친구, 피해 의식이
상당하네.

한국 와서 쌓인 게
많은가 부지.
담배나 피러 나가자고.

부
웅

끽

텅

텅

덕우는 왼쪽,
난 오른쪽
건물.

예, 선배님.

오늘 새벽
요 밑 대로변에서
발생한 부녀자
폭행 살인 사건에
목격자분이
있는 것 같아서
수사 중입니다.

경찰입니다.
실례지만 가족 중에
오늘 새벽 1시 30분경에
들어오신 분 없나요?

누구세요?

…무슨 일 때문에
그러시죠?

…

들어오시죠.

죄송합니다.

자형(姉兄)이 감정이
격해져서 애꿎은
분들한테 화풀이를
했네요.

제가 대신
사과드릴게요.

괜찮아요.
이해합니다.

감사합니다.

한국 와서 설움
많이 겪었죠?

예. 많이 겪었죠.
한두 달 월급
못 받는 건
다반사고, 맞기도
많이 맞고요.
그게 어디
저뿐이겠습니까.

그래도
악착같이 모아서
셋이 잘 살아보려고
했는데…

누나가 이렇게
허망하게 갈 줄은…
꿈에도 생각
못 했네요.

한국에 나쁜 사람만
있는 건 아닙니다.
도움 필요하면
아까 드린 연락처로
언제든지 연락 주세요.

그리고…
이건,

얼마 안 되지만
조의금입니다.

이렇게까지
신경 안 쓰셔도
되는데…

그럼 저희는
이만.

감사합니다.
형사님.

MBS 뉴스속보
구로구서 밤길 귀가 중이던 조선족 女, 괴한들에게 피살

조커 분장요?

예. 틀림없이
조커 분장을
하고 있었어요.

제가 영화
〈다크 나이트〉를
좋아해서 분명히
기억합니다.

범인들 연령대는
얼마나 되어
보였습니까?

글쎄요,
많이 먹어봐야
10대 후반…?
조커 분장 때문에
얼굴은 알아보기
힘들었지만 되게
어려 보였어요.

그런데 요즘 애들
참 무섭더라고요.

어떻게든
도와주고
싶었는데…
워낙 애들
서슬이 퍼레서
어떻게 할 엄두가
안 나더라고요.
결국 도망치듯
피하고 말았죠.

집에 오니 제 자신이
창피하기도 하고,
화도 나고 해서 술 좀
마시고 오늘 결근했네요.

피식

제가 참 비겁하죠?

아닙니다.
이해합니다.
요즘 세상이
험하다 보니.

다만 빨리 112
신고라도
해주셨으면.

…죄송합니다.
그 생각을 미처 못 했네요.

쌍 구 식 당

535-0XXX

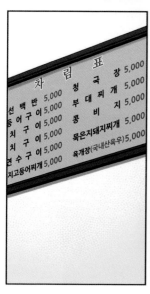

차 림 표
선 백 반 5,000   청 국 장 5,000
등 어 구 이 5,000   부 대 찌 개 5,000
치 구 이 5,000   콩   비 지 5,000
치 구 이 5,000   묵 은 지 돼 지 찌 개 5,000
견 수 구 이 5,000   육 개 장 (국내산육우) 5,000
지 고 등 어 찌 개 5,000

오늘 새벽,
서울 구0동의
한 길거리에서
20대 여성이 숨진 채
발견됐습니다.

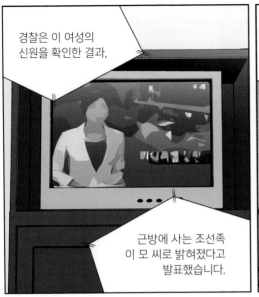

경찰은 이 여성의
신원을 확인한 결과,

근방에 사는 조선족
이 모 씨로 밝혀졌다고
발표했습니다.

또한 경찰은 밤길 귀가 중이던
이 조선족 여성이 성폭행을
당한 후 잔인하게 살해
당했다고 밝히면서,

에휴. 요즘
세상 참
무서워.

우발적인 성폭행
살인인지 혹은
치정에 얽힌
살인인지를 두고
정확한 사건 경위를
조사하고 있습니다.

흥~

누가 위험하게
밤 골목을 혼자
돌아다니래?

조선족 년,
꼴 좋다. 크크.

김 씨, 그래도
그런 말 하면 안 되지.

저번 오석철 사건 생각하면
당해도 싸지, 뭘 그래.

?

야, 우리 사건
기사로 나왔다.

진짜?

매스컴 탔네.
크크.

대 조선족 여성, 괴한들에게

기자 | 100자평(27)

입력 : 2013.

(서울=○○일보) 이정우 기자 = 2일 새벽 서울 구○동의
길거리에서 한 여성이 괴한들에게 습격당해 숨지는
사건이 발생했다.

서울지방경찰청에 따르면 이날 오전 5시 경 구○동의
주택가 골목에서 옷이 벗겨진 채 숨진 20대 여성의
사체를 지나던 주민이 발견하고 경찰○
피해자의 신원을 확인한 결과, 근방에 ㅅ
모(28)씨로 밝혀졌다.

오예!

댓글 봐. 시발
완전 개웃겨.

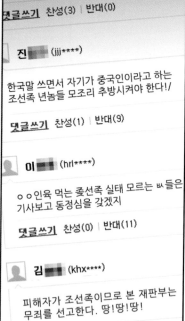

조선족 ㅅㅂ년 잘 뒈졌네.

댓글쓰기 찬성(3) | 반대(0)

진■■ (jjj****)

한국말 쓰면서 자기가 중국인이라고 하는
조선족 년놈들 모조리 추방시켜야 한다!/

댓글쓰기 찬성(1) | 반대(9)

이■■ (hrl****)

○○인육 먹는 좆선족 실태 모르는 ㅆ들은
기사보고 동정심을 갖겠지

댓글쓰기 찬성(0) | 반대(11)

김■■ (khx****)

피해자가 조선족이므로 본 재판부는
무죄를 선고한다. 땅!땅!땅!

댓글쓰기 찬성(0) | 반대(11)

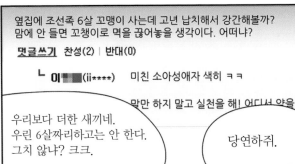

옆집에 조선족 6살 꼬맹이 사는데 고년 납치해서 강간해볼까?
맘에 안 들면 꼬챙이로 멱을 끊어놓을 생각이다. 어떠냐?

댓글쓰기 찬성(2) | 반대(0)

└ 이██(ii★★★★)   미친 소아성애자 색히 ㅋㅋ

                           말만 하지 말고 실천을 해! 어디서 약을

우리보다 더한 새끼네.
우린 6살짜리하고는 안 한다.
그치 않냐? 크크.   당연하쥐.

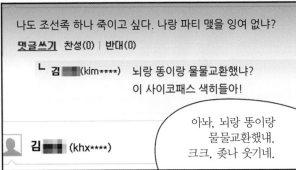

나도 조선족 하나 죽이고 싶다. 나랑 파티 맺을 잉여 없냐?

댓글쓰기 찬성(0) | 반대(0)

└ 김 ██(kim★★★★)   뇌랑 똥이랑 물물교환했냐?
                          이 사이코패스 색히들아!

                                        아뇨, 뇌랑 똥이랑
김 ██ (khx★★★★)   물물교환했내.
                                        크크, 좆나 웃기네.

이것 봐.
옆집에 조선족 6살짜리를
강간하겠대. 미친놈~!

어떻게 알았냐고
물어봐. 크크크

로그인 | 회원

○○ 뇌랑 똥이랑 물물교환한 건 '케
알았음? |

타
타
탁

얘들아.

그런데 댓글들이 생각보다 우리한테
우호적인 눈치다. 그치?

그러게.

우리 사건 은근히
쉴드 한번 쳐볼까?

쉴드?
어떻게…?

예를 들면 이런 거지.

걔네가 뭘 잘못했냐?
인육 먹는 조선족에게
불쌍하게 살해당한 한국
여자의 복수를 했을 뿐이다.
이런 식의 논리로 애국심에
호소하는 거야.

그렇게 조선족
혐오로 들끓는 여론에
교묘하게 기름을
붓는 거지. 어때?

오오미~!
지려부리것소잉.

크크, 애국팔이
조타!

야. 그럼 조선족 혐오 카페를 만드는 건 어때?

카페?

오오! 굿 아이디어!

똥하고 물물교환한 니 머리에서 어떻게 이런 참신한 아이디어가 나오냐? 크크크.

크크크.

엉. 이른바 '짱깨'들을 이 땅에서 몰아내기 위한 애국 연합 카페를 만들어서 뜻을 같이하는 동지, 즉 '조커'들을 모집하는 건 어떨까?

좋아. 말 나온 김에 지금 만들자. 카페 이름은 뭘로 할까?

애국조커연합, 어때…?

오키오키!

우왕ㅋ 굿ㅋ

10대 후반으로
추정되는
조커 4인조…

오늘 건진 건
조커 분장
밖에 없네.

근데 말이죠, 선배님.

?

이거
hate crime(증오 범죄)
아닐까요?
목격자 증언을
들다 보니
그런 생각이 들던데.

증오 범죄라고 생각하는 이유가 뭐지?

영화를 보면 '조커'가 폭력을 즐기는 반사회적 성격 장애자거든요. 오로지 파괴와 혼돈을 추구하는 '악'의 결정체라고나 할까요?

흐음, 일단 '조커' 분장을 했다는 것 자체가 계획적인 범행이라는 생각이 들어요.

그런 '조커'라는 반사회적 캐릭터로 분함으로써 그들 내면에 존재하는 '폭력성'을 거리낌 없이 드러내겠다는 의도로 보여져요.

나쁘지 않네, 그리고?

탕

탕

또… CCTV에 잡힌 모습이나 목격자 증언을 들어보면 타인, 특히 약자에 대한 강렬한 적의가 느껴지더라고요.

지난번 오석철 사건으로 조선족에 대한 여론이 굉장히 안 좋아졌잖아요? 그에 대한 민족적 반감이 조선족 피해자를 통해 분출됐다고 생각해요.

흠. 그럴듯한데?
내 생각과는 미묘하게
다르긴 하지만.

어떻게요?

처음부터 증오 범죄를 계획한 건
아니라는 생각이 들어.

내 생각엔
범인들이 스트레스를
발산하기 위해
조커 분장을
한채 밤거리를
어슬렁대다가

우연히 조선족
피해 여성을 만나
그 억압된 광기가
폭발한 게 아닌가 싶네.

'조커'라는 미국 캐릭터를
통해 조선족에 대한
적개심이 표출된 점이
아이러니하지만 말이야.

어, 그러게요?
이건 뭐, 이이제이
(以夷制夷)도 아니고.

오늘 건진 건
이뿐인가…?

조커 분장을 한
10대 후반의
4인조라.

이런 사건 초기에
낚아채지 못하면
오래가던데.
큰일이군.

죄송하지만
부검 결과는
어떻습니까?

부검은
해봤지만,
용의자들
지문 확보엔
실패했어.
그리고…

221

피해 여성 자궁에 태아가
착상되어 있었다는군.
임신 2주차였대.

！

쯧쯧, 그런…

송 형사, 박 형사는
각 통신사별로
새벽 1시부터 3시까지
범행 현장 일대 통화내역
다 조사해봐.
핸드폰 명의자들
10대들 위주로
뽑아보고.

예. 반장님.

다들 알겠지만,
이렇다 할 증거가
없을 때는 열심히
일대 우범자들 족치고,
탐문하는 수밖에 없어.

김 형사는 혹시 모르니까
현장 일대를 다시 한 번
저인망 훑듯이
탐문해보게.

네. 알겠습니다.

덕우는
인터넷 쪽을
한번 뚫어봐.

?

왠지 이번 사건
용의자들이
어린애들일 것 같은
느낌이 들어.
그쪽에서 꼬리가
잡힐지도 모르니까.
사건 관련 여론 동향
예의 주시하고
혹시라도 댓글로
오지랖 넓게 설치는 놈
있음 IP 추적도 해보고.
해볼 수 있는 건
다 해보자고.
알았지?

다들 집에도 못 가고
고생이 많지만
조금만 힘내자.

네!

부검 결과 부인이
임신 2주차더군요…
알고 계셨나요?

순남아.

네, 형님.

순희는 너한테 어떤 누이였니?

넌 어땠을지 몰라도 나에겐 이 세상에 단 하나뿐인, 사랑하는 여자였다.

…

이 세상 전부와 맞바꾸자고 해도 싫을 만큼. 그런데…

맞아 죽었구나.

이 빌어먹을 대한민국에 와서 고생만 죽어라 하다가 억울하게 살해당했어.

야밤중에…
도와주는 이
하나 없는 거리에서
외롭게…

얼마나 고통스럽게
몸부림치다가
죽어갔겠니…? 흐윽.

복수할 거야…

순희를
이렇게 죽인
그 개새끼들과
좆같은 한국에
복수하고 말 테다…

반드시…!

…

드르렁 쿨

드르렁 쿨

끼익

덕우 씨.

덕우 씨,
저 서연이에요.

벌떡

김준 선배는
어디 갔어요?

깜짝이야

쓰읍

아, 아침에
탐문 나가셨어요.
전 밤새도록
서류 정리하느라.

혹시 인터넷
보셨어요?

아뇨, 뭐 어떤 거요?

여기 보세요.

틱

탁탁
탁탁

아침에 웹서핑하다가
발견한 조선족 혐오
카페인데요.

아무래도 이번 사건과
관련이 있는 것 같아요.

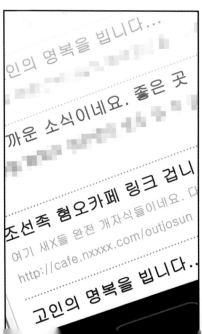

어? 조선족
혐오 카페에
조커…?

조선족 여성
피살 사건 용의자들이
조커 분장을 하고
있었다고 했죠?

『애국조커연합 전하는 말』

중국의 문호 노신도 한탄한 짱깨들의 식인문화! 다
풍습을 인정해야 한다는 것이 다문화야! 쓰레기잡놈
한다는 인간들은 다 짱깨한테 잡아먹혀야 해! 인구
언론인! 싼 임금에 외국인 노동자들 수입하자는 업

ha, ha, ha!

애국조커 자유게시판

공지: XX월 OO일! 용의자들이여, 인천 차이나타

예, 맞아요.

그거 뉴스에
보도 안 됐죠?

예. 이거 공교롭네요.
조커 분장을 한
용의자를 찾고 있는데
조선족 혐오 카페
메인 화면에
조커라…

물증은 없지만
용의자일 확률이 높아요.
그리고 이 카페
한번 보세요.

ha, ha, ha!

애국조커 자유게시판

공지 XX월 OO일! 용자들이여, 인천 차이나타운을 점령하자! N

공지 "조선족을 죽여라!" 게임이

공지 조선족을 죽일 수 있는

• XX월 OO일! 용자들이여

• "조선족을 죽여라!" 게임

• 조선족을 죽일 수 있는 궁

거의 모든 게시물들이
조선족 혐오와 관련된
극단적인 댓글과
괴담으로 가득해요.

오석철 사건이 불에 기름을 끼얹은
격이 됐지만, 이 카페의 위험수위는
일정 선을 넘어선 것 같아요.

...운을 점령하

"조선족을 죽여라!" 게임을 시작한다! 조선족 죽이면

조선족을 죽일 수 있는 궁극의 아이템 판매! 39,900원

X월 OO일! 용자들이여, 인천 차이나타운을 점령하자! N

조선족을 죽여라!" 게임을 시작하

...선족을 죽일 수 있는 궁극

특히
이 게시물을 보세요.

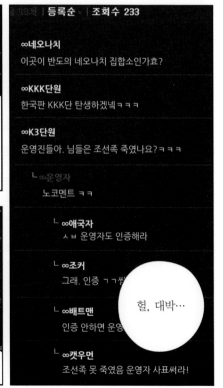

| | 등록순 | 조회수 233 |

∞네오나치
이곳이 반도의 네오나치 집합소인가효?

∞KKK단원
한국판 KKK단 탄생하겠녴ㅋㅋㅋ

∞K3단원
운영진들아. 님들은 조선족 죽였나요?ㅋㅋㅋ

└∞운영자
노코멘트 ㅋㅋ

└∞애국자
ㅅㅂ 운영자도 인증해라

└∞조커
그래. 인증 ㄱㄱ쌍

└∞배트맨
인증 안하면 운영

└∞캣우먼
조선족 못 죽였음 운영자 사표써라!

헐, 대박…

231

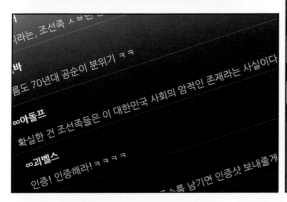

예, 저도 같은 생각이었는데, 이놈들이 자폭을 하더라고요.

자폭?

흐음, 단순히 카페 대문의 조커만 보고 용의자라고 의심하기엔 좀 무리가 있지 않나?

?

뭔 소리야?

여기 '조선족을 죽여라'라는 게시물을 보면, 농담 반 진담 반으로 애들이 운영진도 조선족을 죽였는지 인증하라고 댓글을 달았거든요.

애국조커 자유게시판

공지　XX월 OO일! 용자들이여, 인천 차이나타운을 점

공지　"조선족을 죽여라!" 게임을 시작한다! 조선족 죽

공지　조선족을 죽일 수 있는 궁극의 아이템 판매! 39,9

- XX월 OO일! 용자들이여, 인천 차이나타운을 점령하자!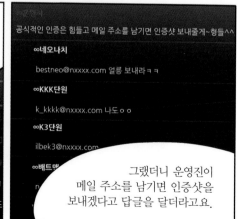
- "조선족을 죽여라!" 게임을 시작한다! 조선족 죽이면 당신도

구애하서

공식적인 인증은 힘들고 메일 주소를 남기면 인증샷 보내줄게~형들^^

∞네오나치

bestneo@nxxxx.com 얼릉 보내라ㅋㅋ

∞KKK단원

k_kkkk@nxxxx.com 나도 ㅇㅇ

∞K3단원

ilbek3@nxxxx.com

∞배트맨

그랬더니 운영진이 메일 주소를 남기면 인증샷을 보내겠다고 답글을 달더라고요.

ilbek3@nxxxx.com

∞배트맨

notbetman@gxxxx.com 부탁ㅇㅇ

∞넌몸난돈

leedw1984@nxxxx.com

∞에바

진짜임?ㅋㅋ evangelion@nx

주소

다들 메일 주소를
남기길래 저도 슬쩍
메일 주소를 남겼죠.
여기에.

또
'넌몸난돈'이냐?
쯧쯧, 닉 좀 바꿔라.

저번엔
'난돈넌몸'
이었는데요…?

크크.

덕우,
계속해봐.

넵!

그러고는 한 시간쯤 후에
메일을 열어보니
진짜 보냈더라고요.

이미지 미리보기 (1개의 이미지가 있습니다.)

범행
인증샷을요.

주고받은 메일 2 ?

애국조커   [보낸메일함] 옛다_인증_ㅋㅋ.jpg

234

이번 사건 피해자가 확실해?

예. 파일 속성을 조사해보니, 찍은 시간대가 범행 추정 시간대와 일치합니다.

이거 바보 아냐? 이번 사건의 범인이라고 완전히 자진 신고를 했네?

'주목받고 싶은 욕구' 때문이죠.

자신들만의 커뮤니티에서 스타처럼 인정받고 싶다는 병적인 욕구, 혹은 '튀고 싶다'는 충동을 억제하지 못해 인증샷을 보내지 않았나 싶어요.

지금쯤 후회할지도 모르지만.

좋아. 해당 포털 사이트에 카페 운영자 ID 신상 요구하고 체포 영장 신청해.

예!

미친 새끼,
너 약 처먹었냐.

짭새한테 잡히려고
작정했냐고!
이 병신아!!

컥!!

자, 잠깐,
미안해.
내 말 좀
들어…봐.

그땐 제정신이
아니었어. 인증
안 하면 따 당할
듯한 분위기
였다니까.

아.
이 자식을 진짜…!

그리고…
어차피 운영자 ID는
유령 ID잖아.
개인 정보도 다 짜가로
적은 거라고.

IP? 어차피
울 아빠
PC방에서만
접속했잖아.

알바 형들도
울 카페 회원이야.
우리 편이라고.
경찰이 와도 절대
발설하지 않을 거야.

그건 그렇다 치고
IP 정보는 어떡할래?
그건 빼도 박도
못 하잖아.

확실해?

응.

그래도 입단속
확실하게 다시 시켜.
알았어?

꾸
덕

그래, 알았어.

명심해.
잡히면 우리 인생
좆 되는 거야.

영웅심은
한 번으로 족해.
현실에서 리셋
따윈 없다고.

너희도 알았어?

엉...

자형!

자형!
일어나보세요!

제가...

누날 죽인
놈들을
찾아낸 것
같아요.

뭐...!?

언론인! 싼 임금에 외국인 노—

ha, ha, ha!

애국조커 자유게시판

공지　XX월 OO일! 용지들이어, 인천 차이나타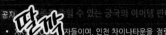

공지　"조선족을 죽여라!" 게임을 시작한다 조

공지　일 수 있는 궁극의 아이템 판매

- XX의 자들이여, 인천 차이나타운을 점령
- "조선족을 죽여라!" 게임을 시작한다! 조선족 죽이
- 조선족을 죽일 수 있는 궁극의 아이템 판매! 39,90
- 여기는 뭐하는 카페임?
- 아이템 산 놈 있나

XX월 OO일! 용지를이여, 인천 차이나타운을 점령하라! 공지

∞운영자(jokerwww) [패닉]　💬 1:1　　　　　http://ce

한국은 '인해전술'이 종특인 개중국에게 이미 병합된 거나 다름없는 상태
안산은 오래전에 조선족에 의해 점령당했고, 수원도 준 점령상태다. 서울
구로, 대림, 가리봉동은 완전히 점령당한 수준이고, 신길, 신도림, 풍납동
천호동, 강동 등이 위험수준이라고 전해진다.

이런 조선족 쓰레기들이 한민족을 위협하며 살해, 인신매매, 장기적출, '
행함에도 ♨같은 한국 정부는 이를 색출해 내쫓기는커녕 오히려 개중국
은폐해주는 실정이다! 이런 시점에서 우리 '애국조커번명'은 조선족 쓰레
성지이자 심장부인　　　　　　　을 기습점령하기로 결심했다!

XX월 OO일, 용기 있는 영웅들의 많은 참여를 바란다! 자세한 내용은 다
공지사항에서 밝히겠다. 대한민국 만세! 만세! 만만세! 대한사람 대한으
보전하세!

운영진 일동 배상(拜上).

∞KKK단원

의미심장한 플래시몹이 될 듯. 성지 순례 참가합니다.

∞K3단원

조커분장하고 참여하는 것임?

　└ ∞운영자

　　오! 조커분장! 생각 못하고 있었는데, Good idea! 다음 공

∞애국자

이것이 이슬람 성지 점령하러 떠나는 개독 십알단의 심정일까?

∞조커

십알단이래 ㅋㅋ 십자군!

∞배트맨

드뎌 조선족과의 전쟁이 시작되는 건가요? ㅎㅎ 예비군4년차이지

∞히드리

반장님.

239

조선족 혐오 카페 운영자
개인 정보를 조회해봤는데요,
이름, 주민번호, 주소지,
연락처 모두 다른 사람
명의입니다.

흠.
그럼 다른
돌파구는
없나?
IP 추적
이라든가.

주민번호를
도용해 만든
유령 ID 같은데요.

예, 안 그래도
이 형사가
IP 추적 중입니다.

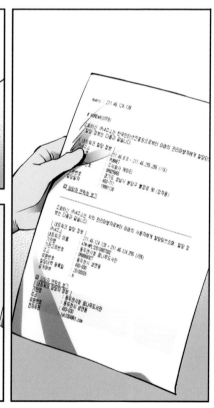

어이, 덕우.
뭐 건진 거 없어?

지이잉

네네,
지금 갑니다.

해당 ISP
통신 업체에
확인 결과,
00동 PC방이
최종 주소지로
나오네요.

그래, 덕우는
김 형사와 함께
PC방 가서
고생 좀 해.

예.

또
PC방인가?
거참.

그리고 혹시 모르니까
박 형사, 송 형사 조는
범행 시간대 통화
내역 조사 계속하라구.
몇 건 정도 되지?

세 통신사 모두 합해서
3,700건 정도 됩니다.
알뜰폰 업체들은
협조 공문을 보내긴 했지만,
아직 내역서를 안 보낸
업체가 대부분입니다.

그래, 힘들더라도
다들 고생 좀 하자.

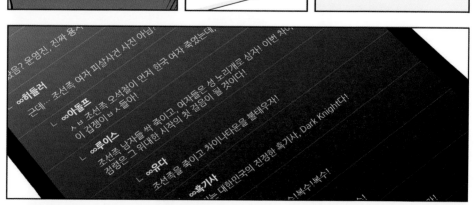

이 자식들,
이거 좀
심각한데요.

왜?

모임에 대한
2차 공지가 나왔는데,
분위기가
장난 아니에요.

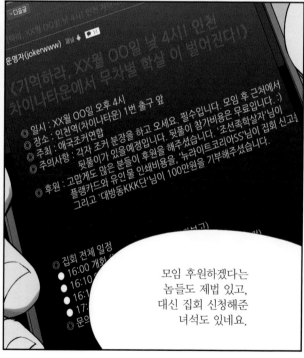

◁다음글

운영자(joker wwww) 패널 🚬 ∎ᵘ

**《기억하라, XX월 OO일 낮 4시 인천
차이나타운에서 무차별 학살 이 벌어진다!》**

◎ 일시 : XX월 OO일 오후 4시
◎ 장소 : 인천역(차이나타운) 1번 출구 앞
◎ 주최 : 애국조커연합
◎ 주의사항 : 각자 조커 분장을 하고 오세요. 필수입니다. 모임 후 근처에서
　　　　　　뒷풀이가 있을예정입니다. 뒷풀이 참가비용은 무료입니다. :)
◎ 후원 : 고맙게도 많은 분들이 후원을 해주셨습니다. '조선족학살자'님이 집회 신고를
　　　　　뒷풀이가 있을예정입니다. 뒷풀이 참가비용은 무료입니다. :) 님이
　　　　　플랭카드와 유인물 인쇄비용을, '뉴라이트코리아SS'님이 집회 신고를
　　　　　그리고 '대방동KKK단'님이 100만원을 기부해주셨습니다.

◎ 집회 전체 일정
　● 16:00 개회
　● 16:10
　● 16:1
　● 17:
　● 문의

모임 후원하겠다는
놈들도 제법 있고,
대신 집회 신청해준
녀석도 있네요.

조선족에 대한 적개심을
자꾸 부추기는 게 자칫
대규모 테러로 번질 수도
있겠다는 생각이 드는데요.

◎ 집회 전체 일정 (개회사, 인사말
● 16:00 개회 (개회사)
● 16:10 애국가 제창
● 16:15 시위 (조선족 · 짱깨
● 17:00 폐회 후 뒷풀
◎ 문의 : whysoserious@x

또 웃기는 건 자기들이
대한민국을 지키는
다크나이트래요.

조커 분장을 한
다크나이트라…

뭐랄까?
이방인을 향한
'폭력성'을 자꾸 '정의'로
포장하려고 한다는
느낌이 들어요.

맞아,
그게 바로
제노포비아의
본질이야.

2011년
외국인들에게 총기를
난사한 노르웨이
극우 인종차별주의자
안데르 베어링
브레빅이나

'순혈주의'를
부르짖으며
600만이 넘는
유대인을 학살한
독일 나치,

그리고
혐한을 외치는
일본 극우익들의
시위까지…

이들의 '무서움'은
그들이 정신이상의 범죄자가 아니라,
진지한 이상주의자라는 점에 있어.
그들만의 '보다 나은 세계'를 만들기 위한
시도라는, 일종의 왜곡된 이상주의의
결과지.

최악의 범죄는,
이렇듯 자신만의
종교·도덕·정치상의
신념을 근거로 그 이상을
행동에 옮길 때 돌발해.

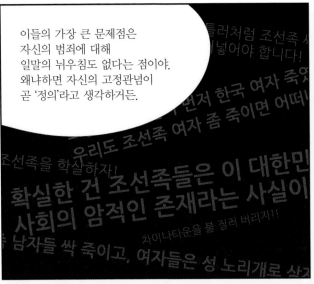

이들의 가장 큰 문제점은
자신의 범죄에 대해
일말의 뉘우침도 없다는 점이야.
왜냐하면 자신의 고정관념이
곧 '정의'라고 생각하거든.

확신범의
특징이지.

따르릉

따르릉

니 왜 그러니?
갑자기.

불가능하오?
불가능하면
일없으니
전화 끊소.

방장한테
부탁하지 뭐.

야야~!
왜 이래?

가능은 한데,
손 털고 한국 간 애가
뜬금없이 무기를
찾으니까 그렇지

어떤 거 원하는데?

딸랑

어서 오세요.

경찰입니다.
잠시 협조
부탁드립니다.

무, 무슨
일이신데요?

이 IP 주소가
몇 번 컴퓨터죠?

네…?

3일 전부터 오늘까지
사용자 내역 확인 좀
했으면 하는데요.

그, 글쎄요.
제가 IP 주소를
잘 몰라서…

그리고 워낙
손님들이 많아서
사용자 확인이
가능하려나…
헤헤.

…

야. PC방에 형사들 왔다 갔다는데?
알바 형, 임의동행 거부했대.

서, 설마 우리 들킨 건가…?
씨발, 어떡하지?

뭐? 정말…!?

아오! 안되는데~

아냐, 아냐.
지레 겁먹지 마.

우리가 범인인 걸
알면 벌써 잡아갔겠지.

그 사건이 아니라
다른 사건
수사일 수도 있어.

호들갑
떨지 말고,
일단 지켜보면서
집회 준비나
하자고.

PC방 알바가
뭘 아는 눈치이긴 한데.

계속 묵비권
행사하면서
임의동행도
거부했습니다.
참고인 조사도
힘들 것 같고요.

강제구인 영장,
가능할까요?

심증만 갖고는
영장 나오기
힘들지.

별수 없네.
일단 그 알바도
용의선상에 올리고
알리바이
조사하는 수밖에.

그래. 차이나타운
집회가 내일인가?

예. 반장님.

그럼 내일 현장에서
용의자로 의심되는
'운영진'들
검거하자고.

네.

이젠 꿈도,

사랑도...

미래도 없다.

남은 것은...

이 세상 전부를
불태우고
싶은 분노뿐이다.

나는 맹세한다.

사랑하는 여인의
주검 앞에서.

그녀를 이렇게 만든
놈들을 모두 죽여...

내 목숨보다 더 사랑했던
여자의 가엾은
넋을 위로할 것이다.

253

이것이 나에게
주어진 마지막
사명이다.

내가 죽지 않는 한,
반드시 복수한다.

아니, 죽어서라도 복수할 것이다!

힐끔

힐끔

달칵

흐흠

달칵

255

애국조커연합
회원님들은
이쪽으로
오세요!

여러분을 위해
간식과 음료수를
준비해
놓았습니다.

생각보다
제법 왔네.

그러게.

4시 넘었는데,
슬슬 시작할까?

OK!

애국조커 여러분,
안녕하십니까!

전 애국조커연합
시삽을 맡고 있는
다크나이트,
박영호라고
합니다.

256

지금 연설하는 친구
이름은 박영호.

본인이
애국조커연합
시삽이랍니다.

찰 칵   찰 칵

예.

슬금

슬금

좋아,
사진 다 찍었으니
조커들 눈치 못 채게
슬슬 빠져나와.

지금
검거할까요?

지금 덮쳤다간
소요 사태 발생할 수도 있어.
해산 후에 체포하자고.

툭

꾸벅

죄송
합니다.

부릅

!?

뭐야?
슬쩍 부딪친 것뿐인데,
죽일 듯이
노려보네…

인천 차이나타운에
사는 망할 짱깨,
조선족 여러분.

난 당신들이 미워서
도저히 견딜 수가
없습니다.
정말 총이 있다면
다 쏴 죽여버리고
싶다고!

죄 없는 여자를 죽여
인육을 먹는 종족이
인간이라 할 수 있습니까?

간곡히 요청합니다!
인육이 먹고 싶으면
중국으로 돌아가
배 터지게 드세요!

여긴 신성한
대한민국입니다!
중국이 아니니
제발 좀 돌아가!
이 짱깨들아!!

짱깨, 당신들은
인간이 아니라
짐승입니다.
아니,
악마입니다!

중국인은 악마다! 인육은 중국에서 처먹어라!

Devil go china!

옳소!

돌아가라!!

자, 그럼 본격적인 집회에 앞서 애국가를 제창하겠습니다.

애국조커 여러분, 경건한 마음으로 1절만 제창해주시기 바랍니다.

동해물과 백두산이~♪ 마르고 닳도록~♪

하느님이 보우하사~♪

우리나라 만세~♬

무궁화~♪

삼천리~♪

화려강산~♪

대한사람~♪
대한으로~♪

애국은
사악한 자의
미덕이다…

뭐라고?

저들을 보니 갑자기
오스카 와일드의 말이
생각나서요.

눈에는 눈
조선족을
죽이자!

조선족 타도를 외치는
저들은 애국을 방패 삼지만
그건 애국이 아닌
광기가 아닌가 싶어요.
순혈주의와 증오로 가득 찬
광기죠.

으아아아

좋습니다. 여러분!
오늘 차이나타운을
헬 게이트로
만들어봅시다!

wow!

애국조커연합
파이팅!

온다.

중국인은
돌아가라! 조선족은
돌아가라!

원수들이
무덤으로
들어섰다.

순남아,
들리니?

잘 들립니다. 형님.

그래. 우리 목표가
뭔지 다시 한 번
말해보렴.

텻

철
컥

우리의 목표는
차이나타운 내
한국인 말살입니다,
형님.

Hao[好].

저기요.

네?

뒤풀이 장소는
어디에요?

요 근처
중국집요.

아놔, 미치겠네.
중국집이래. 크크크.

거기 짜장면
맛있어요?
크크.

크크,
예.

아따, 조선족은
미워도 짜장면은
맛있당께.

투척.

휘익

핑

264

아악!

뭐야?
씨발…!

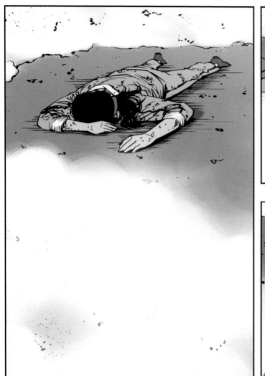

아…

투둑

?

쿵

꺄악-!!

도망쳐…!

엄마!!

으아아악!

이게…
대체…
무슨…?!

?

저벅

저벅

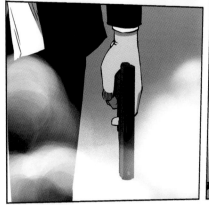

모두 건물
뒤로 피해!

아악!

익!

다들
괜찮나?

예.

서연 씨도
괜찮나?

타앙

타앙

예, 괜찮아요.

어떡하죠?

어떡하긴.
체포해야지.

김 형사,
괜찮아?

예.

범인은 2명.
맞은편 건물 옥상의
범인은 소총으로 무장.
제가 쏜 총에 부상당한
걸로 보이고,

반대편 거리의 범인은
권총 2정으로
무장한 것으로
판단됩니다.

제기랄!!

철컥
철컥

순남아, 괜찮니?

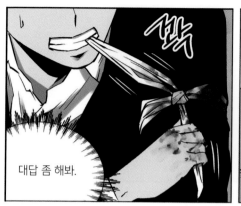

쩍

대답 좀 해봐.

네. 괜찮아요.
스친 것
뿐이예요.

어떻게 할까?

제가 엄호할 테니까
선배들이 맞은편
옥상부터
제압하시죠.

오케이.

엄호 잘해.
엉덩이에
총 맞기 싫다.

네.

간다!

타
앗
탕
탕

타
타
타
탁

덕우야.

예.

난 맞은편 범인한테 접근할 테니까, 엄호 좀 부탁한다.

위험하진 않을까요?

어차피 우리가 해야 할 일이야.

너만 믿는다, 이 형사.

예, 알겠습니다.

나도 같이 엄호할 테니 조심하게, 김 형사.

예.

선배.

조, 조심하세요.

끄덕

엄호해.

탕 탕

화

퍼 퍽

타다닥

꼼짝 마!
경찰이다!

아니! 넌…?

총에서
손 떼고
엎드려!

부들

부들

으득

웃기지 마!

화

악

타

땅

땅

타

타

타

땅

송 형, 괜찮아?

으으…

송 형!

조금만 기다려. 119 금방 올 거야.

혀, 형.

저… 먼저 누나한…테 가요.

죄송… 해…요…

안 돼!!

순남아!
이 새끼야!
죽으면 안 돼!!

일어나!

대답하라고,
이 새끼야!

...

김 형사,
범인들은
살해당한
이순희
유가족이야.

그쪽이 남편
양일섭이야.

남편과
남동생!

양일섭 씨.

총 버려.

양일섭 씨.
당신 심정이
이해가 안 가는 건
아냐.

?

하지만,
놈들과 똑같은
괴물이 될 필요는
없었어.

살려주세요…

웃기지 마.

당신이…
아내와 아이를
잃어보기나
했어…?

!

아빠.

사랑하는
가족을
잃어보기나
했냐고!!

화

악

탕

크을…!

당신을
살인 등의 혐의로
긴급체포합니다.
변호사를 선임할…

미안해…
순희야…

순남아…
미안하다…

…

애 애 애 애 애

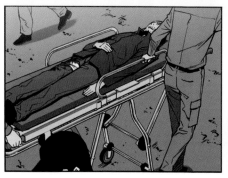

2011년 노르웨이 총기 난사 사건을 연상시키는 끔찍한

총기 테러극이 오늘 오후 4시 30분경 인천 차이나타운에서 발생했습니다.

이번 테러극의 범인들은 며칠 전 서울 구0동에서 살해당한

조선족 여성의 남편과 동생으로 밝혀져 충격을 더하고 있습니다.

칼럼] 조선족을 속죄양 삼아 온 체제가 끔찍한 괴물을 만들어내다.

[○○일보]

일본에서 해방된 후, 우리가 가장 먼저 맞아들인 외국은 미국이었다. 미국은 일본의 지배를 끝낸 나라였고, 군정을 위해 우리나라에 상륙한 미군은 해방군과 다름없었다. 한국인에게 그 때의 미국인은 백인이었다. 백인에 대한 긍정적인 이미지가 자리 잡았다. 이런 역사적

매를 □□ □□□□□□ 앵글로색슨계 백인을 혐오하는 사람은 얼마나 되는가? 상대적으로 적다.

그러면 동남아시아 출신 사람이나 아랍인, 흑인을 혐오하는 사람은 얼마나 될까? 생각 외로 꽤 많을 것이다. 물론 이런 인종주의적 혐오를 쉽게 말하는 사람은 당연히 없다. 그러나 외국인에 대한 편견은 우리의 심리 기저에 분명히 자리 잡고 있다. 그렇게 우리의 마음속에는 우리도 모르는 사이에 브레이빅을 닮은 괴물이 자리 잡고 있는 것이다.

그러나 반 다문화주의자들의 관점에서 참고해야 할 사항이 있다. 소외감을 느끼게 하는 청년층의 높은 실업률은 분명히 해결해야 하는 문제다. 다문화 가정에게 지급하는 장려금이나 출산 격려금도 내국인 가정에겐 아직 지급되지 않는 경우가 더 많다. 이런 정책은 자국민이 정부에게 상대적인 박탈감을 느끼고, 더 나아가 외국인을 혐오하는 역효과를 낳는다. 이런 모순을 해결하지 않는다면, 인천 차이나타운 총기난사와 같은 대참사가 또다시 일어날 가능성은 충분히 있다.

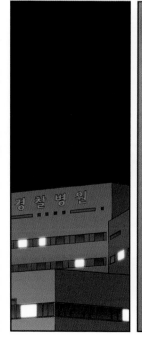

게임 중독이 문제! 인천 차이나타운 총기 난사범, 폭력 비디오게임 탐닉!

인천 차이나타운 총기 난사범인 이○○(26)의 집에서 폭력적인 내용의 비디오 게임이 대거 발견 돼 이들이 게임을 모방, 범행에 나섰다는 분석이 나오고 있다. 서울경찰청은 이○○의 집을 최근 압수수색해 다수의 비디오 게임을 찾아냈다. 이들 게임 대부분이 치열한 총격전과 함께 유혈이 낭자한 장면을 담고 있으며, 미국 게임회사 EA의 '배틀필드 4' 등이 포함돼 있다. 경찰은 범인들이 특정 게임에 나오는 내용을 그대로 재현했을 가능성을 염두 에 두고 정밀 분석 중이다.

이○○은 자신의 매형인 양○○ (35)과 함께 지난 ○○일 인천 차이나타운에서 총기를 난사해 외국인혐오단체 회원 및 행인 23명을 살해하고 경찰에 의해 사살 당했다.

[사회부] 이정우 기자.

이 자식,
또 소설 쓴다.
쯧쯧.

287

누구? 이정우?
양일섭이 전직 삼합회
조직원이었단 걸
몰랐나?

일단 인터폴에서
비공개 요청을
했으니까.

그 앞에
잡지나 봐.
그게 더 볼만해.

…?

CQ

THIS IS
HOT TREND
(BETTER DAYAS)

COVER STORY
안필립 인터뷰

2014 F/W
REAL TREND
올시즌 베스트 패션 트렌드

BEST WEBTOON
FREAK

MAN ABOU
인권변호사

BAG&SHOES
INTERVIEW
WORLD

인권 대통령을 꿈꾸는,
아름다운 변호사
안필립

안필립…?

저번에…
김준 고소한
상득이 변호사가
안필립 맞지?

맞을걸?

분명
어디서 본
얼굴인데…?

Trendy

누구더라?

아이고.

우리 영호
불쌍해서
어떡하니!

네가 이렇게 가면
엄마는 어떻게 살라고!
이놈아!

엄마,
울지 마.

내가 나중에 커서
훌륭한 사람 되면,

제5화「조선족 혐오증」끝

The 5th Episode.
"Chaophobia"
END

to be continued...
The 6th Episode "Elite Serenade"

3권에서 계속

프릭 2

초판 1쇄 인쇄 2018년 9월 7일
초판 1쇄 발행 2018년 9월 20일

지은이 신진우 홍순식
펴낸이 김문식 최민석
편집 강전훈 이수민 김현진
디자인 손현주
편집디자인 홍순식 김대환

펴낸곳 (주)해피북스투유
출판등록 2016년 12월 12일 제2016-000343호
주소 서울시 마포구 독막로 178-1, 5층 (구수동)
전화 02)336-1203
팩스 02)336-1209

ISBN 979-11-88200-36-8 (04810)
979-11-88200-34-4 (세트)